# 陨石和罂粟

黄克庭

百花洲文艺出版社
BAIHUAZHOU LITERATURE AND ART PRESS

**图书在版编目(CIP)数据**

陨石和罂粟 / 黄克庭著. —南昌:百花洲文艺出版社, 2013.10(2018.12 重印)

(微阅读 1 +1 工程)

ISBN 978 -7 -5500 -0809 -0

Ⅰ. ①陨… Ⅱ. ①黄… Ⅲ. ①小小说—小说集—中国—当代 Ⅳ. ①I247.8

中国版本图书馆 CIP 数据核字(2013)第 252396 号

**陨石和罂粟**

黄克庭　著

出 版 人:姚雪雪
组稿编辑:陈永林
责任编辑:赵　霞
出　　版:百花洲文艺出版社
发行单位:全国新华书店
印　　刷:香河利华文化发展有限公司
开　　本:700mm ×960mm　1/16
印　　张:12
版　　次:2014 年 2 月第 1 版
印　　次:2018 年 12 月第 3 次印刷
字　　数:128 千字
书　　号:ISBN 978 -7 -5500 -0809 -0
定　　价:29.80 元

**赣版权登字:05 -2013 -363**



邮购联系:0791 -86895108

网址:http://www.bhzwy.com

# 前　言

以“极短的篇幅包容极大的思想”，才能够以小胜大，经过读者的阅读，碰撞出思想的火花，震撼人的心灵。正因为这样，微型小说成为一种充满了幽默智慧、充满了空灵巧妙的独特文体。

如果说在二十一世纪的头一个十年，是互联网大大改变了我们的生活，那么在我们正在经历的第二个十年里，手机将更为巨大地改变我们的生活。如今，以智能手机为平台，正在构成一个巨大的阅读平台。一种新的阅读方式正不知不觉地走进大众的生活。一个新的名词就此产生，它便是“微阅读”。微阅读，是一种借短消息、网络和短文体生存的阅读方式。微阅读是阅读领域的快餐，口袋书、手机报、微博，都代表微阅读。等车时，习惯拿出手机看新闻；走路时，喜欢戴上耳机“听”小说；陪人逛街，看电子书打发等待的时间。如果有这些行为，那说明你已在不知不觉中成为“微阅读”的忠实执行者了。让我们对微型小说前景充满信心和期待的是，微型小说在微阅读的浪潮中担当着极为重要的“源头活水”。

肩负着繁荣中国微型小说创作、促进这一文体进一步健康发展的责任和使命，微型小说选刊杂志社推出了“微阅读1+1工程”系列丛书。这套书由一百个当代中国微型小说作家的个人自选集组成，是微型小说选刊杂志社的一项以“打造文体，推出作家，奉献精品”为目的的微型小说重点工程。相信这套书的出版，对于促进微型小说文体的进一步推广和传播，对于激励微型小说作家的创作热情，对于微型小说这一文体与新媒体的进一步结合，将有着极为重要的作用和意义。

编者

2014年9月

# 目　录

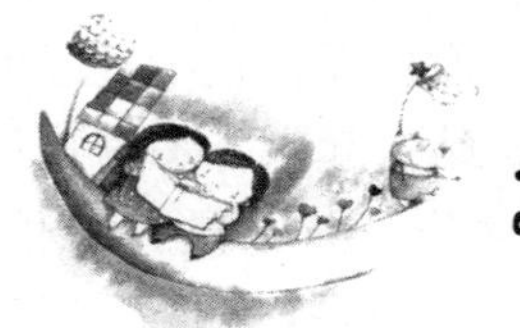

# 大千世界

从玄黄城开往红楼神堡的公共汽车上。

一名二十来岁的“水哥”小偷趁美女西氏昏昏欲睡之际，伸手掏走了钱包。

坐在“水哥”后两排的孔大伯，早就注意上小偷了。小偷的一举一动，全部被孔大伯摄录到手机里。看到“水哥”偷到钱包后恬不知耻地哼起了小曲吹起了口哨——一副得意忘形的样子，孔大伯很愤慨，遂走过去对“水哥”说道：“年轻人应该以为国家效力为百姓造福为荣，你怎么不努力向上，却偏要做偷鸡摸狗之事？”

“水哥”看了看孔大伯，觉得这老头的身板、四肢、拳头都不如自己，便冷笑道：“臭老头，识相点！别来烦我！这里没你的事！”

孔大伯叹了一口气：“朽木不可雕！”而后无奈地退回自己的座位。

孔大伯刚坐下，后面一位熊腰虎背的壮汉站了起来，走上前去，一把抓住“水哥”的头发，呵斥道：“把你偷来的钱包，拿出来！跟我去公安局！”

“水哥”被壮汉抓住头发，顿时火起，马上一拳砸向对方的胸膛，却好像砸到了钢板上，被反弹回来，痛得嗷嗷叫，知道遇到克星了，遂惶恐地问道：“你你你，究竟是谁？”

壮汉轻蔑地一笑：“今天韩叔叔也坐这辆车，你竟然不收敛一点，活该你倒霉！”于是，“水哥”就结结实实地挨了韩叔叔两个响亮的大耳光。

公交车来到公安局大门口时，停了下来。

韩叔叔、“水哥”、西氏，都下车了，他们一起走进公安局里。随他们一起下车的还有一位须发全白的老人，他站在公安局大门口，好像在等人。

小偷下车后，汽车上反而热闹起来。

有人说：“刚刚下车的那个须发全白的老人，是第一个看到小偷偷东

西的人，他却没有像孔大伯那样走过去教育小偷，而是先把自己的头转到汽车外面去，当做什么也没有看见！”

汽车驾驶员说：“我从后视镜里发现，坐在最后面的那位先生，也很特别！小偷偷东西，孔大伯被辱，小偷被抓，整个过程他都无动于衷。”

这时，坐在最后面的那位先生，站了起来，平静地说道：“我是你们的老外，姓释，我对小偷没有什么动作，并不是我惧怕小偷，而是我坚信——世界是公正的，善有善报，恶有恶报，凡事都有因果！每个人，都必须对自己的所作所为负全责！小偷被抓，小偷被打，都是他自己的业报，都是他自己造成的！许多人不知道因果关系，还以为老天不公正。其实，那是他自己错了，而不是老天错了！”

公交车越开越远了，里面的议论声早就被“一路红尘”所淹没。

在公安局里，贾警官拍了拍“水哥”的肩膀，叹了一口气：“你怎么又来了？”

做好笔录后，韩叔叔、西氏走出公安局。西氏免不了对韩叔叔说一些诸如谢谢之类的话，尽管她被窃的钱包里只有不到200元钱。

在韩叔叔、西氏有说有笑的时候，却很快发现“水哥”也被放了出来。“水哥”还笑眯眯地朝韩叔叔挥了挥手，说了一声“拜拜”！又特意对着西氏，做了一个“飞吻”的动作。

韩叔叔用手机拨通了贾警官的电话，责问为什么放了“水哥”？

贾警官说：“比他重要的案子多着呢！刚刚又接了一个杀人的案子，忙不过来！他小偷小摸的，几百块钱的案子，不好办啊！”

韩叔叔心口阵阵发痛，大叫道：“你马上放他走，这是在鼓励犯罪！我要到局长那里去告你！”

韩叔叔正要往前走，原先与他一同下车的那个白发老人忽地挡在他的前面，笑道：“顺其自然为好！祸兮福之所倚，福兮祸之所伏。”

韩叔叔说：“我一定要跟局长去说说道理！”

白发老人说：“道可道，非常道；名可名，非常名……”

韩叔叔听了一阵白发老人的言辞后，就跟着老人走了。

多年后，终身未娶的贾警官退休。他募集到很多捐款，在红楼神堡建起了一座大教堂，专门等候大家进去“忏悔”和“感恩”。终于有一天，“水哥”走进了大教堂，西氏也走进了大教堂……

后来，“水哥”、西氏居然真的结婚了。贾警官做了证婚人。

# 鱼与佛

士俗先生到弘尘潭钓鱼。不到五分钟便钓上来一尾大鲤鱼。

水下的鱼群忽地发现少去了一尾鲤鱼，便不安起来。许多鱼儿都清楚地记得，鲤鱼失踪前是往水上面去的。鲤鱼会去哪儿呢？鱼儿们议论纷纷。

忽有一曾跃出水面见多识广的青鱼说，鲤鱼说不定是成仙了，它可能早已升到天堂里去了！

经它这么一说，许多鱼儿便想起鲤鱼的许多奇特的东西来。有的说，鲤鱼的二十七代祖宗曾跳过龙门，所以其祖上根基很深，成仙是必然的事；有的说，鲤鱼的名字取得好，“里”字里面不是藏着一个“王”字吗？它不升天，也必定要称王的；有的说，鲤鱼的相貌也与众不同，不但嘴上有两根胡须，而且连尾巴都是彩霞色的！

鲫鱼不声不响地认真回忆鲤鱼失踪前的每一个细节，它终于发现，鲤鱼是吃下一个“钩形”的“仙丹”后立地成佛升天的。当它发现士俗又将诱饵放下水时，它就不声不响地悄悄游过去，一口将“仙丹”咬住。

士俗发现鱼儿又咬钩了，连忙将鱼线提起。由于士俗用力太过，鲫鱼被拉出水面后，嘴唇被扯破而逃生了。鲫鱼跑回水里后，惊恐地警告同类：以后见到“钩形”的东西千万别贪嘴。

谁知，鲢鱼说：“像你这样尖嘴猴腮的，尾巴上也没一点血色，也想成仙成佛？”

鳗鱼说：“生就一副贱骨，即使吃上再多的仙丹也是没用的！”

鲢鱼扯了扯鲫鱼的破嘴唇后说：“有运气还不够，狗头不载肉，有缘无福，只能怪你自己命薄了！”

鲫鱼回到家，对子女说，以后见到“钩形”的东西千万别贪嘴，那东西进口后就会钻心地疼痛！

鲫鱼的儿子说："不吃苦中苦，怎成人上人？基督耶稣不是被钉在十字架上的吗？你呀，有机遇抓不住，原因就是怕痛、怕苦、怕付出！古人不是说，天欲降大任于斯人也，必先苦其心志、劳其筋骨、饿其体肤吗？"

士俗又一次将诱饵放入水中时，鲢鱼、鳗鱼都不敢轻易去吃，因为它俩取笑过鲫鱼是"贱骨头"、是"有缘无福"的"小人"，它俩生怕自己平时积德不够难以成佛成仙而遭人耻笑。

这时，鲈鱼看到"仙丹"降临，便不顾一切地冲上去抢食，但结果它还是迟了一步。原来，上次脱钩的鲫鱼抢先吞下"仙丹"而升天了。

对于鲫鱼的"非常举动"，鱼儿们当然又有很多话题了。此时鲢鱼、鳗鱼又有些后悔起来，一是怕成佛成仙的鲫鱼报复；二是怨恨自己患得患失，以至于坐失良机，发誓以后再见到"仙丹"就要像孙悟空那样，决不口下留情了！

士俗见钓上来一尾破嘴的鲫鱼，便禁不住嘲讽鱼儿笨蛋！

会意老人说，世上只要有天堂存在，就会有钓不完的鱼儿。信乎？

# 天　网

索拉西是人类第一大刽子手，仅仅因为偷猎濒危动物鸡驮凤坐牢6年而仇视整个人类。他越狱后，先将核大国M国的3颗超能级核弹头神秘地盗走，而后把全球第二大城市7国的海中月夷为平地，使4567万生命一瞬间在地球上消失！

就是这样一个十恶不赦、死有余辜的恶魔，却在全球人的一心一意围剿中神秘地失踪……

40年后，正当地球人逐渐淡忘索拉西时，他却又突然出现在世人面前——主动向7国H市的警察局投案自首了。

“索拉西”的名字再次轰动全球！

原来，索拉西在引爆3颗超能级核弹头之后，很快就成了众矢之的！正当他被世界警察围困到孤岛沙中舟时，被核爆炸的超级能量波吸引而来的黄克庭星球人发现，不知缘由的黄星人见索拉西如丧家之犬，以为他是受世人迫害的不幸者，便将其救走。

一到黄星，诚惶诚恐的索拉西很快就眉开眼笑了，因为黄星上生机盎然，风光无限好，地球上所有的动、植物在这里都能见到。并且，在地球上仅仅是传说中的动物，如龙、麒麟、凤凰、长翅的老虎等一应俱全——这是一颗超级文明星球，地球上的所有生命皆发源于它。令人不可思议的是，所有动物一律温顺可亲，绝无张牙舞爪、气势汹汹者。

索拉西的恶性很快又暴露出来，到达黄星的当天上午9时，惊魂刚定后，他就将一只大猴子绑在树上，敲开猴脑壳，活生生地将猴脑吃了；中午11时半，他又将一头幼熊的四只脚掌砍下吃掉。因地球上的猴子和熊灭绝而多年无法解馋的索拉西，一饱口福后很快就做起了美梦……龙肉的滋味怎样？麒麟腿的味道如何？凤凰的血是不是有点甜……

正当索拉西不断地做着美梦时，次日上午9时，他被一阵剧烈的头

痛惊醒了，直痛得他满地打滚、呼天抢地。中午11时半，索拉西的手与脚又突然疼痛起来，像被刀砍一样。

天天如此！月月如此！年年如此！索拉西四处求医，却始终找不到医院和医生。

终于，黄星人告诉索拉西，黄星上既没有警察，也没有医院。黄星上的动物，其行为皆被由36000万颗人造卫星组成的超级智能遥感卫星系统所监视。那天，索拉西杀猴和砍熊的过程，全被遥感卫星所监测，于是，超级智能遥感卫星系统马上将受害猴子与熊的“痛苦脑电波”拷贝（复制）到索拉西的大脑里，并且每天按时触发它——这叫做“以其人之道，还治其人之身”，自作自受！

另外，黄星上的卫星遥感系统还有强大的防菌、防毒，杀菌、杀毒功能，所以也就没有医院了。更令人惊讶的是，黄星上的空气是经过特别调制的，其中包含动物新陈代谢所需的所有成分，所有动物只需呼吸空气就能维持生命，根本不存在弱肉强食的悲惨状况！

每天受“裂脑”与“断肢”煎熬的索拉西终于选择了自杀，跳楼、割脉、自焚……但每次都死不成，因为超级智能遥感卫星系统时刻监视着被惩罚者的脑电波信息，自杀脑电波一旦被其监测，它马上就用“反相波”进行干扰，使自杀者顿时不知该做些什么。

经过40年反省与炼狱生活的索拉西，最终央求黄星人将其送回了地球，回来的那一刻，他虔诚地跪倒在犯下滔天罪行的地球土地上。

可索拉西怎么也想不到，黄星超级智能遥感卫星系统惩罚他的期限就是40年，否则它绝不会让索拉西离开。

而等待索拉西的将是，地球人对他的宣判！

# 拷贝记忆

当代最杰出的信息传导学家艾哼交伽教授于猴年马月狗日又创造了一大奇迹：全球所有电视台皆实况转播他的人体记忆复制实验。使全球电视台都同时关注同一事件，这是新闻史上前所未有的奇迹。

该实验安排在红楼神堡的太虚宫第889实验厅举行，实验对象是两名通过全球公开招聘而遴选出来的志愿者——沙烂小姐与伯利先生。据传媒报道，沙烂小姐曾是艾哼交伽教授的得意门生和忠实信徒，如今是红楼神堡想入非非部研究生。有意思的是，伯利先生却是人体记忆复制实验的头号反对派人物。伯利先生是支支吾吾大学的哲学系教授，他的观点是拷贝记忆严重违反了自然规律，用人为的办法简捷地获取（转移）知识是贬低知识的价值，是一种亵渎知识的行径。他之所以强烈要求参加人体记忆复制实验，是因为他想利用艾哼交伽教授的研究成果广泛地传播他的思想。伯利先生的如意算盘是，如果记忆复制实验果然成功，那么他的思想观点将刻录到艾哼交伽教授的忠实信徒沙烂小姐的大脑里，这样的话，岂不是对艾哼交伽教授的研究成果最大、最好的讽刺？而艾哼交伽教授则认为，让头号反对派人物接受他的实验，此事件本身就是一个“巨大”的成果。

该实验定于上午9时整举行。

现在时间是上午8时32分。电视画面上一派忙碌的景象。沙烂小姐与伯利先生正在分别接受众多电视记者的全方位提问。

8时50分，沙烂小姐与伯利先生皆终止记者采访，静静地坐着等待庄严时刻的到来。

8时55分，电视画面忽然静音，只见沙烂小姐与伯利先生一齐被身穿白大褂的人安置到记忆复制器前面的手术台上。两人的脑袋都被一只硕大的蓝色头盔罩住，几根传输线连接着头盔与记忆复制器。在艾哼交

伽教授的2名助手操作下，记忆复制器上立时显现出沙烂小姐与伯利先生的心电图与脑电波。全身漆黑装束的艾哼交伽教授，眯着一双细眼，冷冷地坐在电脑前，静静地观察着两名实验志愿者的心电图与脑电波。

9时整，倒计时器发出响亮的“嘟……”声，艾哼交伽教授立即果断地按了一下实验开始按钮。顿时，电视机前的几十亿双眼睛便被沙烂小姐与伯利先生的脑电波所牵扯。

谁也预料不到，九九八十一个小时后，迷人的实验变得索然无味才宣告停止。艾哼交伽教授惊惶地告诉大家：真没想到人的大脑记忆库容量会这么大，用最宽带的超高速传导设备，花了81个小时后，记忆复制还不到百分之一点三！

然而，让艾哼交伽教授更想不到的是，沙烂小姐与伯利先生的记忆库发生了严重的“乱码”、“串音”现象，他俩竟不知自己到底是谁了，不但没有显示“两倍智慧”，反而变成“一对白痴”了。

痛定思痛。经过全球信息传导机构888名专家会诊后得出，只有在一方记忆“空白”的情况下，才能进行记忆复制，否则“乱码”、“串音”现象就不可避免。

迷人的课题，终于碰上了恼人的问题。记忆不能叠加，智能就无法转录，拷贝记忆立时失去了炫目的光环。艾哼交伽教授承受不住这“毁灭性”的打击，竟患上了“史提森巴罗布综合征”。

此病是典型的心理障碍症，患上此病的人像瘟神一样吓人，必挖空心思、绞尽脑汁地搜集和散布别人的隐私，令人作呕与惶恐。

正当沙烂小姐因接受记忆复制实验而变成白痴后的第1008天，艾哼交伽教授的高足马烦特先生（沙烂小姐的同学、情夫）绑架了艾哼交伽教授，并恶作剧地进行了“黑猩猩与艾哼交伽”的记忆复制实验。

于是，一项震惊世界的科研成果轰然面世。记忆复制异常成功：黑猩猩竟然开口说人话，艾哼交伽教授竟然像黑猩猩一样善于奔走、爬行、攀缓。研究表明，原来，记忆“不同类”便不会发生“乱码”、“串音”现象，就可进行记忆移植了。

谁也没有想到，让世人津津乐道与着迷的，并不是记忆复制这项划时代的科研成果，而是黑猩猩成了一只专门散布艾哼交伽教授隐私的尤物（可能是“史提森巴罗布综合征”的病毒使然）。

若不是黑猩猩开口说话，谁也不会相信艾哼交伽教授竟是一名诱奸

了987名女学生的色狼，沙烂小姐仅仅是其中的一名受害者。更令世人惊讶的是，艾哼交伽教授还是一名杀人犯，他为了将记忆复制成果窃为己有，将真正的发明人（他的学生）白枯橹毒死。

如今，黑猩猩因大炒特炒艾哼交伽教授的隐私而成为富甲一方的大财主，包下“二奶”18人；艾哼交伽教授则被关进动物园作为“科研活标本”供人观赏。马烦特先生因恐遭人暗算，步艾哼交伽教授的后尘而毁坏记忆复制器。

# 病毒美妙

红楼神堡真是一个神秘的地方。说其神秘，是因为到红楼神堡走动过的人竟无一例外地变得健康、漂亮起来！为此，患上绝症的有钱人便纷纷涌向红楼神堡，以致神堡内人满为患，平民百姓根本无缘进去观光。

神堡内消费极高，以秒计费，进内疗养的价格是每秒钟 88888 元。据回来的人说，神堡尽管神秘，但里面的景物好像毫无特殊之处，似乎还比不上东方大国——中国的江南普通乡村。然而，有一点是公认的，那就是神堡内的音乐格外动听迷人。不管是世界级音乐大师，还是根本不懂音律的“乐盲”，都有相同的感受。闻听那音乐，任何人都立感全身舒坦，似乎所有细胞都被清洗过，觉得“此曲只应天上有，千金难买寸光‘音’”！

奇怪的是，红楼神堡绝不出卖音乐唱片，也绝不与人探讨有关音乐的任何话题。这就更加增添了神堡的神秘性。

多来米博士决心解开红楼神堡之谜，他变卖了祖宗留传给他的全球第 8 大财团的所有财产，潜入神堡，用重金收买了分管音乐的内务部部长的助手。结果是——多来米博士不但没能揭开神堡之谜，反而因事败露而被神堡人强行注入一种代号为 CF 的病毒后驱逐出来。

离开神堡后的多来米博士，可谓度日如年，由于体内病毒的作怪，他睡不好觉，吃不好饭，备受煎熬。世人虽十分同情他，但皆爱莫能助，因为人们根本不知道何种药物可对付 CF 病毒。

常言道，苦难是人生的一笔财富，苦难是成功的阶梯。此话一点不假。经受 30 年非人生活之苦的多来米博士终于化苦为甘，修成正果——他通过孜孜不倦地研究自己体内的 CF 病毒后发现，CF 病毒能发射超级音乐电磁波！也就是说，CF 病毒是一件超级音乐发生器。多来米博士利用超能计算机模拟出 CF 病毒所发射的超级音乐后发现，其乐理特性与功

能跟红楼神堡内的音乐相同。多来米博士正是利用自己的研究成果治好了自己的病。

消息传出，全球震惊！据多来米博士及众多追随者的进一步研究后发现，世上任何病毒都能发射超级音乐，并且对人类危害越严重的病毒其音乐品质越高。也就是说，艾滋病毒的音乐品质高于乙肝病毒的音乐品质，乙肝病毒的音乐品质高于肺结核病毒的音乐品质，肺结核病毒的音乐品质又高于流感病毒的音乐品质……

多来米博士的小学教师方正点先生得知往日差生如今取得惊世成果后，欣喜不已。方先生清楚地记得，多来米小时候常以损害庄稼、杀戮小生灵、欺压弱小同学为乐，是一名令家长、老师、邻居、同学十分头痛的差生。先前闻知多来米受 CF 病毒折磨之苦，方先生还以为是其幼时作恶太多所得的报应呢！兴奋一个月后，方先生忽想到一件可怕的事：红楼神堡会不会是病毒的制造场所？病毒发射超级音乐会不会是神堡人秘密研制的成果？以牺牲人类健康为代价而给自己取乐享受会不会是神堡人的职业？

方先生的“忧虑”见报后，国际刑警立即采取行动，查抄红楼神堡。然而，意想不到的是，红楼神堡却早已人去楼空，其居民神秘地失踪了。

# 会宝

宗公活了一辈子，开了大半辈子会议。先是宗公坐在会场里听人家讲，后是别人坐在会场里听他讲。

宗公渐渐发现，会是越来越难开了，与会者不是吞云吐雾、交头接耳，便是昏昏沉沉、迷迷糊糊打瞌睡。宗公清楚地记得，他卸任前的最后一次在主席台上的讲话根本没一个人听。

宗公很伤心，觉得自己白活了一辈子，尽管他步步高升、官运亨通，但在他自己的印象里却日子像流水一样过去而无所建树，甚至未能真正控制过一次会场的气氛。

宗公退职后日夜为自己的碌碌无为而抑郁，染疾而终。

宗公的阴魂飘飘荡荡地来到了同学吴有的身边。吴有是位电脑专家，其发明创造影响了整个人类的生活。宗公生前对吴有是看不上眼的，但他死后却觉得还是吴有的生命更有意义。于是，宗公的阴魂便悄悄地寄生在吴有的大脑中了。

三年后，吴有发明了一种专门用来调整会议气氛的高科技产品——会宝。这种像空调一样的东西，装在会场上，不消10分钟，会场内的人就会在会宝的气息作用下，自身的心理、生理功能就会被抑制，所有举动全被会议主持人所控制。因此，用了会宝的会场，与会者总是“微言耸听”，整个会场总是秩序井然。

于是，会宝风靡全球，不但被所有会场所拥有，还进入了幼儿园、中小学校……

因发明会宝而大赚了一把的吴有，从银河系外旅游归来后发现，整个地球变成了一个大会场，地球上的人都变成了几千年前的秦兵马俑的模样了。

经吴有多方考证后方知，原来有了会宝以后，地球人便极爱开会，结果是会越开越多、越开越大、越开越长，导致地球人最终都饿死在会场上。

# 驱逐阿拉西

地球上最后一名以杀人为事业的恐怖分子阿拉西终于被驱逐出地球村了。宇宙飞船在将阿拉西载往孤寂荒芜的冥王星的途中却发生了故障。无奈，宇宙飞船只得中途迫降在一颗名叫北方郎崽的小行星上。

想不到的是，只有96平方公里的北方郎崽小行星竟是一方迷人的世外桃源，上面除了没有动物外，却是树木葱茏，百花斗艳，空气格外清新之处所。走出飞船，阿拉西忽地发现眼前有一个被陨石撞击而成的圆形大湖，只见湖水清澈见底，似乎还隐隐地透着一股幽香。

身心俱疲、万念俱灰的阿拉西忽然觉得应该认真地洗一个澡，然后找个好地方了结自己的性命。他觉得，如此孤苦寂寞地活着，没有一点人生乐趣，还不如痛痛快快地死去！

洗完澡，阿拉西顿觉心旷神怡，竟陶然地躺在湖边不想自杀了，不久，便迷迷糊糊地睡着了。

忽然，阿拉西被一阵嘈杂声惊醒，睁眼一看，在他洗过澡的湖上竟然神奇地出现了数不清的娃娃，他们不但个子都像七八岁的孩童，而且相貌也惊人地相似！

阿拉西被惊呆了。

说也奇怪，这些孩童见风就长，半晌工夫，便与阿拉西的个子差不多了，且相貌也跟阿拉西一模一样。

阿拉西终于明白，他刚刚洗过澡的这口湖便是神话传说中女娲娘娘造人时用过的克隆湖。原来，他在洗澡时脱落的活体细胞在富含营养的湖水中迅速发育、生长……

阿拉西惊喜地发现，这些克隆人尽管很相似，但也有些微不同之处，有的额头稍宽，有的耳朵稍大，有的鼻子稍高，有的嘴唇稍厚，有的手指稍粗，有的脚掌稍长，有的……毕竟世上不会有两片完全相同的树叶。

阿拉西认为，额头稍大者是他的额细胞发育而成的，鼻子稍大者是他的鼻细胞发育而成的，四肢较长者是他的肢细胞发育而成的……于是，阿拉西将这些克隆人召集起来，马上任命大量官员：按出身地位高低而定，头部细胞发育而成的，任一品官；颈部细胞发育而成的，任二品官；胸部细胞发育而成的，任三品官；腹部细胞发育而成的，任四品官；胳膊细胞发育而成的，任五品官；手掌细胞发育而成的，任六品官；腿细胞发育而成的，任七品官……

仅脚部细胞发育而成的，为平民百姓。

阿拉西则自然而然地做起了皇帝。

做了皇帝的阿拉西，每天除了听克隆人三呼万岁以外，还有一个天大的烦恼困扰着他，这烦恼便是克隆人虽然形体与他极为相似，思想却跟他并不一致。随着时间的推移，越来越多的克隆人开始不服他的统治，认为大家基因都相同，应该一律平等。

为了维护皇权，阿拉西专门成立了专政机关，一是把克隆湖据为己有，作为他天经地义地高人一等的资本，和不断扩充他臣民的源泉；二是大量残杀反对党，稍有异议者便遭杀戮，白色恐怖笼罩整个北方郎崽。此后，阿拉西的主要精力便花在“统一思想”与查处“异己分子”上。

阿拉西还创立了“咩咩教”，大力宣扬“受苦崇高”、“残缺圣美”论。他首先带头割去自己的耳朵，并规定：“一品官者挖去左眼，二品官者挖去右眼，三品官者割掉鼻子，四品官者切除上唇，五品官者切除下唇，六品官者裁掉左手，七品官者裁掉右手。”因此，在阿拉西统治下，官民泾渭分明，面容不周正者定是王侯将相，肢体残疾者必是下等官吏，不缺不残者乃是平民百姓。

有的人在虚荣心的作祟下，竟私自割去耳朵，结果被作为“谋反”的证据而处以极刑。那些自毁其容者，均因“假冒官员，妄图破坏社会秩序”之罪而受到惩处。只可怜那些因天灾人祸而致残者白白丢了性命。（“咩咩教”竟然禁止平民追求“圣美”，真是可笑）

阿拉西在北方郎崽小行星上的行为被监视卫星传回地球村后，地球村上的克隆业便得到了飞速发展，有钱人圆一回皇帝梦成为消费时尚。

正当地球村进入“皇帝时代”时，一个惊人的消息从北方郎崽小行星传到地球，阿拉西被最宠信的心腹大臣阿拉西二世赶下了台。在这次政变中，49 万克隆人遭到清洗。终于，阿拉西被他的克隆人押送到冥王星里去了。

# 还真仪

分别二十三年后，我的大学同学、全年级成绩最差的阿亮居然成了举报前10年至18年间全球最大疑难刑事案件的获奖专业户！

获此消息，让我大大地吃了一惊！

半年前，阿亮又成为全球人关注的焦点——因为他忽地被人指控为“全球最大的恐怖分子”——是一个比“本·拉登”、“扎卡维”更可怕的“瘟神”！否则，全球那么多刑事疑难案件，他怎会了如指掌？

上个月，国际法庭判处阿亮死刑。临死前，阿亮竟然点名要我见他一面。这又让我大大地吃了一惊！

在国际监狱，我终于见到了阿亮，这是我俩大学毕业后，首次相见。

只见阿亮盘腿坐在地上，其面容酷似“济公”和尚，全身单衣单裤，赤着脚，眼神还是与二十多年前一样，不肯正面看人。

突然，阿亮双手捧住我的脸，像端详久别的情人，仔细地看了我二十多秒钟，直看得我毛骨悚然。尔后，他狠狠地扇了我七八记耳光，直打得我晕头转向，耳朵一个劲地嗡嗡作响。只听他口里吼叫道：“你还我清白——还我清白——还我清白！”

真似噩梦一般！

狱官却喜滋滋地对我说：“阿亮是疯狗，咬到谁，谁倒霉！明天枪毙阿亮，要不要亲眼看看？”

是非之地，岂能久留，我如惊弓之鸟，迫不及待地逃离了国际监狱。

不知是梦是真？不知是虚是实？嗡嗡作响了九九八十一天的左耳朵，忽然恢复正常，却神秘地浮起阿亮的声音。阿亮告诉我，因有监视器和窃听器，不得不这样做。他说，有一位名叫“魔西”的电脑专家将一台“还真仪”送给他，要他给“还真仪”不断地升级，以便让“还真仪”的“频谱”不断扩大、“灵敏度”不断提高……

阿亮说，宇宙具有“全息性”。所谓“全息性”，是指宇宙中的任何地方、任何时刻都具有整个宇宙的所有信息。中国先人提出的“天人合一”思想，正是对宇宙“全息性”的深刻揭示。当今科技，已经充分证明，全息照片中的任何一小块都拥有整张照片的所有信息，只要得到任意一小块，就能还原整张照片；人体中的任何一个细胞都拥有整个人体的所有信息，只要将某个细胞进行克隆，就能“复制”一个人。历代考古学家、天文学家，就是利用“全息性”而开展研究工作的。要是宇宙不具有“全息性”，今人怎能了解远古时代的人类生活？要是宇宙不具有“全息性”，地球上的人怎能了解几百亿光年之外的天体的运动规律？要是宇宙不具有“全息性”，分处全球各地的电视机怎能同时收看同一节目？要是宇宙不具有“全息性”，我们又怎能利用手机随时与世界各地的人进行交流？

阿亮说，“还真仪”是一台专测人类生活信息的电子仪器，对它进行细致的“调谐”，就能搜集到某个人的生活信息，并具体地显现出来。可惜，现在的“还真仪”其“频谱”不够大，只能测到距今前 10 年至 18 年间的信息；其“灵敏度”也不够高，只能测到 25 岁至 31 岁人的信息。如果不断地给“还真仪”进行升级，则其“频谱”与“灵敏度”都会向“两极”延伸。要是“还真仪”能测到任何人任何时间的所作所为，则恶人、坏人就无立足之地了……到那时，世上的所有真相都无法掩盖，一切冤假错案还会不大白于天下？各地的贪官污吏岂有容身之所？

阿亮说，他是利迷心窍，用“还真仪”搜索全球重大刑事案件，虽得到了巨大的钱财与名利，却也因此惹红了许多以前看不起他的高能同学（他们怎能容忍低能儿坐上卫星）的眼睛，使自己身陷囹圄。

阿亮说，“还真仪”是用“有缘人”的脑电波进行升级的。当初，魔西老人在临终前将“还真仪”送给他，正是因为他的脑电波与“还真仪”相匹配的缘故。可惜的是，庸俗之气扰乱了阿亮的脑电波，以致“还真仪”无法升级了。

阿亮说，他用“还真仪”测出我的脑电波很纯，可以使“还真仪”升级，要我排除干扰，使之不断升级，千万别步他的后尘，以免他以及许多被冤屈的人永远含冤于九泉之下。

最后，他把“还真仪”的藏身之所告诉了我……这又让我大大地吃了一惊！

你猜，他把“还真仪”藏在何处？

原来，他早已狠狠地把“还真仪”扇进了我的左耳里！当我能听到他的声音时，表明“还真仪”已在我的耳道内成功“着床”，并已健康发育……

# 跨过三大坎

夜深人静，已瘦削了半身血肉的病身早早地被重重浮云搅扰得奄奄一息了。

朦胧中，三条黑影时快时慢、时隐时现地奔向红楼神堡的毕业鉴定中心大楼……

瘦高个捏着微光电筒，用白天“克隆”好的钥匙，敏捷地打开了E波毕业鉴定室的大门，顿时三条黑影鱼贯而入。

三人不敢点亮室内电灯，只能凭借微光电筒和白天所侦察到的情况找出E波头盔、连接导线，以及调控键盘。

瘦高个叫小平头坐在E波毕业鉴定椅上，把E波头盔套到小平头的脑袋上，矮胖子敏捷地将连接线逐一插好。瘦高个坐上操作台，按了一下启动钮，尔后按照电脑显示屏上的提示，输进一串密码，仪器顺利进入正常运行状态。三人顿时舒心地相互点了点头。

瘦高个轻哼了一句：“注意！预备，开始！”并按了一下“赖得”键，立时，小平头脑袋上的E波头盔环起三圈光亮的闪耀彩带，只见电脑屏幕上的毕业鉴定分数栏上的数字从0开始逐渐递增。

当“分数”慢慢地升至“29”时，小平头忽地惨叫了一声——昏过去了！

瘦高个镇静地按了一下“还原”键，5分钟后，小平头恢复神智，羞愧地叹道：“这毕业关，还真难过唷！”小平头回忆道：恍恍惚惚中，参加工作的第二年遇上了一位才貌双全的女助手，此人很善解人意，彼此灵犀相通，多次向她求爱，但她就是不明确答复。眼见情敌是越来越多，小平头遂决定“先下手为强”，择机强暴了她。于是，灾祸从天而降，最终身陷囹圄。直到听见一飘然而至、鹤发童颜的老者，反复唠叨“你呀你，亏就亏在——看到的，就当作自己的”以后，才清醒过来。

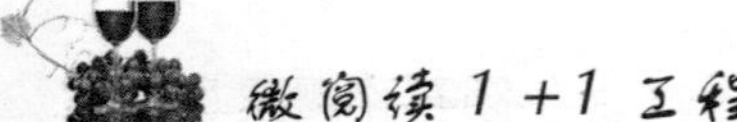


矮胖子听完小平头的“失足”经历后，取笑道：“区区一个‘色’字都战胜不了，还算是大丈夫吗?”

于是，矮胖子利索地将E波头盔戴到自己的头上，然后坐到鉴定椅上，向瘦高个叫道：“开始吧!”

瘦高个轻哼了一句：“预备，开始!”并按了一下“赖得”键，立时，矮胖子脑袋上的E波头盔又环起三圈光亮的闪耀彩带，只见电脑屏幕上的分数从0开始逐渐递增。

当“分数”缓慢地跳过“29”时，瘦高个与小平头都不由自主地叫了一声：“哇噻!”

然而，矮胖子虽然过了“29”这道坎，却在“41”这道坎上栽倒了!当电脑上的分数升至“41”时，矮胖子也惨叫了一声——昏过去了!

瘦高个按了一下“还原”键，5分钟后，矮胖子恢复神智，脸色清白地摇了摇头：“只过了‘色’关，却过不了‘财’关，难道真的是——鸟为食亡，人为财死?!”矮胖子回忆道：朦朦胧胧中，自己就进了银行工作，每天经手的现钞可谓不计其数。天长地久后，终于发现，贪污公款、挪用公款的机会多得很。只要多操点心，割点“野草”，犹如囊中取物一般。正由于“来得容易”，所以“去得也快”。且贪心如洪水泛滥，一发而不可收！于是，人从云端堕落并不需要多长时间。直到听见一和尚反复念叨“你呀你，亏就亏在—摸到的，就当作自己的”以后，才醒悟过来。

瘦高个听完矮胖子的“堕落”史后，并没有取笑矮胖子，叹道：“人能跨过‘色’关和‘财’关，离君子也就不远了！不知我的内功如何，今晚让自己了解了解!”

瘦高个果然“高人一等”，他不但轻松过了“29”关，而且平静地过了“41”关……然而，他最终却没能过“60”——这一毕业鉴定的“合格”关。当电脑上的分数显示为“53”时，瘦高个也惨叫了一声——昏过去了!

瘦高个回忆道，他是在政府机关坐了十五年冷板凳，眼见平辈同事一个个不论品德、才学如何皆升官走了，最终只剩下他一个老童生坚守老岗位。这一年，忽地空缺了一个办公室主任，瘦高个想来想去，此位子是非他莫属，于是暗暗高兴。没想到，最终却让一个乳臭未干的上岗不到半年的黄毛丫头给挤了，气得瘦高个高血压连升三级！直到听见一

老年痴呆症患者反复念叨“你呀你，亏就亏在——想到的，就当作自己的”以后，才慢慢回过神来。

五天后，红楼神堡爆出一大新闻，留学红楼神堡的君子国公民有三人通过了E波超级人生模拟器的毕业鉴定，三人得分分别是：60分、61分、64分。这是五百年来君子国高才生留学红楼神堡的第一批跨过“看到的”、“摸到的”、“想到的”三大坎的正式毕业生。

# 走运东伟生

被判终身监禁的全球第一大胖子东伟生在秋山监狱突然神秘失踪了，消息传开，世界舆论一片哗然。

东伟生曾是我的同事。十多年前，我与他都是刚大学毕业的人，一起被分配到红楼神堡工作。一年后，我与东伟生等八名“杰出青年”因善吃、体重增速快而荣登“八大口福”荣誉榜。不过，那时东伟生并没有多大名气，因为他体重只有469千克，居“八大口福”的末位，而我的体重却有536千克，比他前居五个名次。

理智告诉我，肥胖除了能致人许多致命疾病外，一无是处。因此，在我荣获“八大口福”的第二个月，就在家人、朋友的劝说下毅然离开了红楼神堡，躲到汗雨庄减肥去了。

没想到，五年后，原来的“八大口福”只剩东伟生一人仍在红楼神堡，其他六名“弟兄”皆因肥胖病综合征发作相继离开了人世。不过，此时的东伟生已非当年之东伟生了，他的模样早已令弥勒佛相形见绌。他的体重已位居世界第一。

我出于对他的“阶级感情”，给他写去一封信，大意是：为了健康，为了生命，还是尽早离开红楼神堡吧，免得年纪轻轻就步“大哥们”的后尘。

东伟生读了我的信后，给我来了一个电话。他说，离开红楼神堡，不被饿死，就会被馋死。红楼神堡，想吃啥就吃啥，多痛快！

如今，世上有得吃的人不少，但像他这样能吃、善吃的人却很少。许多大款、绅士，不是苦于“没胃口”吗？他说，他是一个天生的吃喝尤物，不能辜负了上天对他的厚爱。人生在世就要图个痛快，苦行僧的日子他不干。人，反正都得死，想吃不敢吃，想快活而没快活，活着还有啥意思？不如早点死了呢！我知道，他那是在骂我，但我并没与他“顶牛”。尽管我确实深刻地体会到，减肥是苦差事，想吃不能吃的滋味实在是受煎熬。但我想，人总是不能贪图一时之快的，生命美丽、宝贵，但也脆弱，能活着就是幸福。

不久，我在报上获悉，东伟生因吃掉熟睡中的妻子的一条胳膊而被关进了监狱。

三年后，一条电视新闻把我惊呆了：刚从监狱里放出来的东伟生，回到家后，做的第一件事就是砍下四岁的儿子的一条腿，狼吞虎咽地吃了。

这个畜生！原来他根本不是人！难怪他样样都能吃，样样都想吃。我禁不住骂了起来。

然而，被判终身监禁的东伟生关在戒备森严的秋山监狱里怎么会神秘地失踪了呢？

光阴似箭，日月如梭。正当世人渐渐淡忘东伟生时，一艘到谷星考察的宇宙飞船发回了令世人震惊的消息。

原来，东伟生是被到地球考察的谷星人救走的。谷星的科技比地球更发达，那里的人很早就不必吃东西了，他们给自身补充能量的办法就是输液——像人类在医院里接受输血那样。他们一生只需在出生第一天输一次营养液，每瓶液只有100克左右，正常情况下其能量足以维持300年寿命。

谷星人输营养液的办法尽管有许多长处，但也有一个极大的弊端，那就是谷星人无法享受到吃喝的乐趣，无法体会到美味佳肴给生命带来的无限风景。为此，谷星人特地将地球人的吃喝超级大师东伟生偷走，将其带到谷星后，在东伟生的大脑里安装了一个纳米吃喝快感发射器，然后像电视台一样将东伟生的所有“饱口福”脑电波放大后转发出去，使装上“快乐解调器”的谷星人个个都能充分感受到像东伟生一样的吃喝滋味。

谷星上，人因无需吃喝，各种飞禽走兽、山珍海味多得不计其数。东伟生到达谷星后，恰如小狗掉进了屎坑里，其乐无穷。据说，谷星人为了保证东伟生长久活下去，专门发明了一种能进入血管内工作的纳米刮脂机器人，以清除东伟生体内过多的脂肪。有消息说，从东伟生体内刮出的脂肪已堆成了一座“雪山”。

消息传回后，地球人欣喜不已。因为食物越来越丰富的地球人，多数人“胃口”反而越来越差。闻知“快乐”能转发，许多地球人就忙于筹划到谷星人那里购买“快乐转发”技术！

# 入侵梦境

自从金市长的千金妙妙出了车祸以后，金市长家的新闻接连不断。那天，妙妙与新婚夫可可驾着一辆宝马车去野外秋游，不料，途中被大卡车撞了一下。肇事者趁妙妙与可可昏迷之际，逃之夭夭。

等可可苏醒后，可可发现自己除了断了左手臂外其余完好，而开车的妙妙虽不见明显的外伤却仍不省人事。可可挣扎着爬出车外，拼命呼救。然而，漫漫荒野，绵绵大道，一时竟不见一个人影。可可找出手机向110报警，竟不知自己身在何处！原来，每次外出游玩，可可都只有跟随的份！

不知过了多久，可可终于拦住了一辆过往的马车。可可将身上所有的钱都掏给了车夫，终于，车夫将可可与妙妙送进了医院。

也是妙妙命不该绝，虽然耽搁了时间，然经“超然”医院两个多月的精心医治，最终还是死里逃生了。不知是着了什么魔，在医院里，睡梦中妙妙总是不断地呼唤着车夫吴嘹的名字。天天如此，弄得一直带伤守护着妙妙的可可既恼火又伤心，既尴尬又无奈。

谁也想不到，出院后，妙妙做的第一件事是去法院与可可离婚，第二件事是“一定要嫁给车夫”。人们都惊呆了——那车夫可是一个穷得叮当响的乡巴佬，家里除了一口铁锅是像模像样的以外，连一副完整的床板都没有，何况那车夫又是一个早已错过谈婚论嫁时光、弓着背、满脸长着蛤蟆皮、年龄比妙妙的父亲金市长还大一岁的老头！

于是，妙妙与车夫一下子成了全市人街谈巷议的主题！听人说，妙妙多次直言不讳地告诉人们：不知怎的，她离不开车夫，每天晚上都梦见车夫！要她离开车夫，真不知如何过日子！

于是，大家都相信了“缘分”，相信了“爱神”的魔力！

有道是，一家欢喜一家愁。从天而降的“林妹妹”让老车夫“喜出

望外”，却令金市长一家处于水深火热的境地。金夫人终于经受不住残酷现实的煎熬，原先得以控制的脑瘤迅速增长，没过几天，不得不住进了“超然”医院。

令人不可思议的是，三个月后，金夫人在生命垂危之际，每每在睡梦中总是不断地呼唤着一个人的名字——这个人既不是丈夫金市长，也不是女儿妙妙，而是令金市长一家从天坠落到地上的车夫吴嘹！

无奈，金市长不得不放下臭架子，允许“女婿”吴嘹到医院服侍金夫人。

金夫人让车夫吴嘹抱着她，竟然当着金市长的面说道：“你这个冤家，不知用了什么魔法迷住了妙妙？还让我活受罪。害得我每天夜里，一进入梦乡，就见你飘然而来，带着我神游浩瀚的太空，快乐无比！以前，我可从没做过这么多这么舒畅的梦。难道你真的是神仙下凡？妙妙如果不是我自己的亲生女儿的话，我还真的要与她抢老公呢！”

这铁石之音，竟成了金夫人最后的遗言！于是，金夫人的遗言像洪荒时期的洪水一样很快涌入千家万户。一周后，金市长被人送进了精神病医院。

三个月后，妙妙与车夫离婚。

四个月后，妙妙又与车夫复婚。

九个月后，妙妙又与车夫离婚。

十一个月后，妙妙又与车夫复婚。

一年后，“超然”医院的胡仑博士在红楼神堡秘密宣读论文《人类神圣的爱情由梦构成》。胡仑博士披露，妙妙与车夫的婚姻全是他操作控制的。妙妙出车祸在“超然”医院治疗期间，胡仑博士悄悄地将一枚只有芝麻大的“爱之神”梦幻发生器植于妙妙的右耳轮上，使妙妙每夜梦见车夫，与车夫一起驾着马车遨游鲜花遍野的大地和广阔无垠的太空，惬意无比。长期的、重复的、美妙的梦境，使妙妙以为神圣的爱神降临，从而冲破层层世俗的封锁，与车夫结为夫妻。关掉梦幻发生器后，美梦就不会出现在妙妙的梦里，妙妙就无法忍受现实的残酷，就与车夫离婚。反复多次的实验证明，神圣的爱情仅仅是一个美梦而已。

胡仑博士还透露，他还在他的初恋情人——金夫人的身上安装了“爱之神”梦幻发生器，其效果也令人非常满意。胡仑博士说，人类的精神生活大部分在梦里完成。世上几乎无人能够抗拒同一梦境多次重复所

累积的力量。人，很容易被虚幻的梦所征服。

一个月后，正当胡仑博士在红楼神堡申请“爱之神”梦幻发生器的发明专利时，妙妙的前夫可可带着警察将其逮捕，其罪是“非法侵入他人梦境”，致使金市长家破人亡。

五个月后，因初恋失败而终身未娶的胡仑博士神秘地在看守所失踪。

三年后，“让美梦成真”的包办婚姻广告成了新的“城市牛皮癣”。

# 有福的麻四

麻秆村的人都说麻四老头的福气好，但麻四老头却一直说自己命苦，而九婶总骂麻四“这老东西太没良心”！

这工夫，麻四老头又在麻秆村的老年协会麻将厅里边抓牌边骂女儿了。

“还说是医学博士、教授，还说是全国最年轻的院士哩，居然自己看不好自己身上的毛病……”麻四老头一边说话一边打出一张“东风”牌。

“啊哈哈——”又掀起众人一阵开怀大笑！

“这博士、教授、院士，不知道是怎么搞来的？自己给自己看病，居然是越看毛病越多……”麻四老头将刚刚抓到的一张“九筒”牌不假思索地抛了出去，却立即被对面的九婶“碰”走了。

“啊哈哈——”众人又是一阵开怀大笑！

“这老东西是越来越不像话了，吃女儿的，花女儿的，还骂女儿，真是太没良心了……”九婶边认真组牌，边笑骂麻四老头。

麻四老头根本不在意九婶的笑骂，还是一边随意地笑骂自己的女儿，一边随意地抓牌、出牌。

其实，麻四老头今天说的这些话根本不新鲜，麻将厅内的人不知听过多少遍了。然而，众人还是很爱听，好像是第一次听到似的。整个麻将厅被众人的笑声“炒”得热热闹闹的。

麻四是麻秆村的大名人。其父是麻秆村的大地主，村里九成多的土地新中国成立前都归他家。因出身成分不好，麻四没娶上媳妇，却生下了一个女儿，那是麻四与村里的寡妇（九婶的大姐）的产品。

麻四的女儿取名为麻凡，幼时常受父亲的冷遇，因为麻四与寡妇之间的事就是有了“麻凡”之后而增添了许多麻烦的。

没想到，麻凡长大以后，人不但漂亮，而且聪明，她是麻秆村恢复

高考后的第一个大学生，如今在省城的一所大学的附属医院里供职。麻四的女婿是省里某部门的主任。据麻四说，他的女婿是一个不通情理的人。因为，他女婿所管的钱，虽然可以吃肉吃鱼喝酒抽烟和住高级宾馆，但不可以吃药打针和住医院。近十年来，麻四的毛病是越来越多，几乎整个身体都有病。按麻四的话说，就是女儿在医学界的声誉越高，他的毛病就越多——这不是绝大绝妙的讽刺吗？有人戏说：如今医院唯利是图，医生收受红包，搜刮病人，可能是老天看不过去，特意搞的报应呢！麻四不无得意地透露，他花掉的药费和住院费都由女婿改名为餐费和住宿费而报销掉。

如今，麻四却突然神奇地百病全消，因住不惯城里，特意回到老家麻秆村养老。孝顺的女儿专门聘请九婶为其父的保姆，每月工资是800元，另又给麻四800元零花钱。麻四的零花钱几乎都在麻将桌上输给村里人。村里人说笑话，这保姆费和零花钱说不定也由女婿改名为餐费和住宿费报销掉了。

村人羡慕麻四的福气，麻四却怨恨自己的女儿。麻四说，年轻时因社会毛病多致使自己多受罪，年老后因自己身体毛病多而活受罪，既然女儿是一流的医生，怎么就保不了老爸的身体？真是命苦！

“麻四，你今年八十了吧？属虎的吧？”李根笑盈盈地拎着一把茶壶，走过来给众人续茶水，他是老年协会的专职司茶工。

“要给我做寿么？年三十是我的生日，我这只老虎只剩一点点尾巴，要是老娘能多熬几个时辰，那可就是大年初一，那就是金兔子的命啦……”

“老虎好！我想，你这八字就生在这老虎的尾巴上！你想想，如今的老虎是国家重点保护的动物，比大熊猫还稀少，还珍贵，难怪你的福是享也享不完！”李根似发现新大陆，很得意自己的“新发现”。

“你太年轻，不懂事，我受苦的时候，你的爷……鸡巴还拖门槛哩……”麻四边说边用茶杯去接李根的壶水。

众人又是一阵开怀大笑。

“要不是闹解放，我的老爸就不会吃铁花生米，我这个大地主的儿子也不会二十五岁就从上海遣回老家改造，后来也不会天天挨斗，也不至于要跟人家寡妇相好才生下一个女儿……”麻四仍笑呵呵地边洗牌边说话。

“那，你得老虎年的正月初一出世！”李根插嘴道，“那样的话，我们这些乡巴佬可都见不到你了……”

“唉——，李根，你给我记住，今年的腊月是小月，没有三十日，你想给我做寿的话，你得提早哟！”麻四将刚抓到的一张“白皮”牌抛了出去。

“碰！”对面的九婶开心地叫道。

“你的好牌，全给九婶拿走了，就叫九婶给你做寿吧！”

“你……你……你……我就知道你……不是个好东……西……”

谁也没有想到，麻四竟然头一歪，就这样离开了人世！

麻四死了。哭得最伤心的人是九婶。九婶躲在家里哭道，保姆费才领了八个月……这八个月麻四能吃能喝能睡且无一点病痛，原以为麻四能长寿，起码再活十年没问题……本想替早死的大姐享点福……怎么自己这么命苦?!

一年后，麻四的女儿麻凡成了医学界的新星。她的研究成果是，正常人的机体预警系数是0.7，即人体内的器官其功能丧失百分之七十时，才出现明显的病症。如果将预警系数调低，如调到0.4，则人体内的器官其功能丧失百分之四十时，就会出现明显的病征，这样就很便于疾病的早期发现和早期治疗。但是，预警系数调低的负面影响是人经常被告警，即人体经常出现病征，也就是人会经常“生病”。尽管机体有自动的修补功能，可是人的机体毕竟每时每刻都与各种邪气作斗争，每时每刻都在损兵折将，常常出现险情是必然的。反之，如将预警系数调高，如调到0.9，则人体内的器官其功能丧失百分之九十时，才出现明显的病征，这样的话，其人一定很少“生病”，只是一旦出现病症，就如雪崩，就无法抢救了。

人们终于明白，晚年的麻四之所以多病，原因是女儿想让他长寿，故意调低预警系数，让病征及早出现，以便得到早期治疗。没想到麻四经不起病痛的折磨，经常讥笑女儿无能，取笑女儿的“博士”、“教授”名号。

把自己的机体预警系数也调低的麻凡博士，在饱受了疾病折磨的痛苦，觉得人经常生活在病痛中而长寿并非是好事之后，终于狠了狠心，将麻四的预警系数调高到0.9——于是，麻四“无病痛”地快乐生活了最后八个月。

# 屡见白面书生

这天，夜阑人静，月光如水。我独自伏案写作。正当我思维迟钝、昏昏欲睡之际，忽觉一道蓝光破窗而入，令我心头一怔！

到底发生了什么事？我推窗向外张望时，却见一非常面熟但一时又想不起他到底是谁的白面书生向我打招呼："快去，快去，法庭正在审判比尔·盖茨哩！"

"哪个比尔·盖茨？是不是美国的微软大王？为何要审他？"

白面书生笑骂道："傻蛋，前去看看不就清楚了吗？"

我觉得有理，便跟着他而去。

走出居室，抬头看天，一轮明月格外刺眼，然而地上的路却怎么也看不清楚。深一脚，浅一脚，不知走了多长时间、多少路，只知脚下绊脚石很多，跌得我鼻青脸肿，浑身疼痛，一路喊娘不已。

忽想起那个叫我出来的白面书生，举目四顾，不但找不到他的影子，甚至连天上那个亮得扎眼的月亮也不知何时消失了。顿时，我既恐惧又恼怒，禁不住声嘶力竭地大骂起来。

没想到，在这空旷寂静的夜空中，我的叫骂声竟启开了一扇大门。那是离我约三四百米远的一座城堡的大门。此门犹如炼钢炉中的门，随着它的开启，一道雪亮的光柱从中涌出，迅即划破寂静的夜。

只见门内走出两位美若天仙的礼仪小姐，她俩身着紧身蝉翼般的游泳装，高挺的酥胸格外扎眼，笑盈盈地飘到我的眼前，彬彬有礼地问我为何骂人，到底骂谁？

我如实相告后，两位迷人的小姐对我说，只要听她们的话，她们就能为我解气，并一再声明，她们无所不能，任何为难之事到她们手上都易如反掌……

口若悬河的骗子我见得多了！虽然她们楚楚动人，但我对她俩并无

好感，我拔腿转身就走。

两小姐很敏捷，一前一后拦住我，个子稍高者告诉我，她们是“如愿”集团公司的促销员，为了提高企业的形象，公司定期为顾客搞免费服务……

个子稍矮者忙接口对我说，恭喜先生，今天正是我们的免费服务日，你无需付钱便可了结心愿。

我仔细摸了摸口袋，发觉身上没有一分钱，也就不怕她们敲诈了。因身子确实被跌得浑身伤痛，对白面书生恨得咬牙切齿，遂经不住两小姐的引诱，走进了“如愿”城堡。

人虽走了进去，但我心里仍有疑惑，我问引路的小姐，白面书生会在里面吗？怎么才能找到他？

两小姐笑眯眯地对我说，急啥呀？到时候你自然就清楚了！

两小姐将我带进了一个小花园，递给我一副眼镜后说道：“戴上它，你就能很容易地找到想找的人了！”

我将眼镜架上鼻梁，稍一定神，顿觉脑子一片空白，忙屏气凝神，却听见白面书生的笑声飘然而至。真是怪事！怎么说来就来了呢？我忙张眼四顾，却见白面书生正在前方不远处的小亭子上独自在说笑。我分明听见白面书生在讥讽我，说什么世人就爱幸灾乐祸，一听说名人遭殃落汤，就不顾自己跌得鼻青脸肿，也要去看个热闹了……

我闻言，怒火中烧，拾起一块砖头，悄悄绕到白面书生的背后，朝他的脑壳狠狠地砸了下去，顿时脑浆迸裂。

发觉自己杀了人，我惶恐万分。仔细一想，为了区区一点小事，竟然性命相搏，真是不值得。如此一想，我便后悔不已，于是禁不住大哭起来。忽见来了两名警察，我眼睛一黑，便瘫倒在地上。

等我完全清醒以后，两小姐才笑嘻嘻地告诉我真相。原来，我刚才找人、杀人全都是幻境。这幻境全由她们的高科技产品——梦幻发生器所创造。她们将梦幻发生器安入特制的眼镜里，人只要戴上它，其欲望脑电波就会被它所检测，眼镜中的超能计算机就会迎合你的欲望设计出“遂人心愿”的幻境输入大脑中，使你身临其境地感受一番。

飞机，火箭，让人圆了“长翅”的梦；无线电技术，使人过了“千里眼，顺风耳”的瘾；无疑，梦幻发生器是人们“成仙”的天梯。戴上梦幻发生器，就能过皇帝瘾，就能与老子论道，就能与秦王比剑，就能

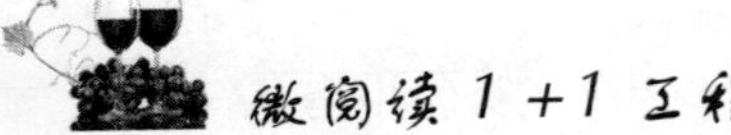


与李白谈诗，就能与恐龙赛跑，就能与土星人赛足球，就能到天女星座观光……总之，有了梦幻发生器，地球人足不出户就能领略“时空隧道”、“星际旅行”的无限风光。

很快，地球村人就全面进入了梦幻时代！

正当地球村人全部沉湎于“如愿”城堡时，白面书生又突然出现在我的面前，告诉我一个惊人的消息：电脑被人发明后，外星人惶惶不安。比尔·盖茨是仙鹤星座人派往地球的特使，其目的是让他到地球上开发电脑软件，构筑网吧，供地球人玩闹、消遣，以消磨地球人的精力与扩张太空的欲望，免得地球人跑出地球去污染别的星球。没想到，比尔·盖茨虽然用因特网网住了许多地球人，但负面效应也很大——地球村的一些“精英”利用微软技术寻找外星人，使航天事业得以长足发展，以致地球的外层空间撒满了航天垃圾。为此，仙鹤星座人及时调整战略决策——废弃比尔·盖茨，另行开辟“如愿”城堡。事实证明，“如愿”城堡没有让仙鹤星座人失望。

这回，我终于想起来了，终于认清楚了，白面书生是我的第8代克隆人，名字叫蓝克庭。

# 克服排异反应以后

美容是时代潮流，却也是现代人的烦恼。可不，旦灵姑娘这不又坐在电脑前与不知真实姓名、性别、年龄、远近的网友叙说美容的痛苦了吗?

应该说，旦灵姑娘是现代美容术的受惠者。她的父亲尹犴虽是H城的首富，但尹犴的脸面却如他的品德一样，令人叹息。他包的“十六奶”尽管天仙一般美丽动人，但他们生下的孩子——旦灵姑娘却大多继承了尹犴的相貌缺点：小眼睛、八字眉、塌鼻子、窄额、长颐……

为了“补偿自己的缺点给孩子带来的心灵创伤”，尹犴在美容开支上从未吝啬过，天南海北、国内国外，只要听说哪里有高级美容师，旦灵姑娘就没少往哪里跑，结果是金钱确实掩住了相貌上的许多缺点，旦灵姑娘出落得芙蓉一样楚楚动人了。然而，意想不到的是，一系列的美容综合征却一直困扰着旦灵姑娘，比如被垫高鼻梁的鼻子，其嗅觉大大减低，几乎不能辨别香臭；更糟糕的是，这冠冕堂皇的鼻子几乎成了流感病毒的窝点！据医生说，这美容综合征是由于人体对异物植入的“排异反应”引起的，无法抗拒，属“文明病”。今天，旦灵姑娘向网友诉苦的正是这个“鼻子问题”！

一名自称是“普度众生”的网友告诉旦灵姑娘，蒙想国伤深大学的胡丑教授最近发明了一种消除人体“排异反应”的特种药“史人愁”，不妨去见识见识。

或许是“病急乱投医”，旦灵姑娘当即向父亲要来钱款，并租来一架飞机，直抵蒙想国。

好不容易找到胡丑教授，却令旦灵姑娘一惊。原来所谓的“伤深大学”是一个办在殡仪馆里的，只有胡丑一人的机构。据了解，胡丑本是殡仪馆的司炉工，因他痛惜这些被火化的尸体无法回收利用而潜心科研。

胡丑认为，人体是一架绝妙的机器，“一次性”使用，实在太可惜了。世人死亡，大多只是某个或某几个器官失效而已，许多功能完好的器官付之一炬实在是世上最大的浪费。为此，胡丑通过88年的攻关，终于在癌细胞与艾滋病毒中提炼出“抗人体排异反应”的酶：史人愁。有了这种酶，任何人之间，器官都可以互相移植了。无疑，人体器官的最大宝库是殡仪馆，这正是胡丑不愿离开殡仪馆的原因了。

胡丑给旦灵换上了一副既合适又漂亮的真人鼻子后，原先那种因人工原料填充鼻梁而引起的美容综合征果真在旦灵身上消失了。为此，旦灵姑娘兴奋不已，鼓励父亲也去胡丑那里换来一副好相貌。

3年后，正当旦灵与新婚丈夫沉浸在高科技与多金钱的幸福之中时，在太平岛游玩的第一天，就遭歹徒抢劫：旦灵被割走鼻子，丈夫被剜去眼睛……原来，人类克服了“人体排异反应”后，野蛮的太平岛人便以抢劫、贩卖人体器官为致富捷径，致使到该岛旅游的外地人，便如当今城里人丢失自行车铃那样容易丢失鼻子、眼睛……为了不使财源枯竭，太平岛人一方面为受害者换上低档的劣质人工替代品（太平岛人以为，有钱人的脸面大多不是他自己“亲生”的，何况他们要再换一副好尊容是轻而易举的事，抢劫富人眼鼻不算太缺德），另一方面还不忘给受害人注射“遭劫记忆消失灵”。

# 发明好了丹

在太虚村教书的贾雪芹先生，55 岁那年，可谓吉星高照，儿子宝玉被公派到月球留学，主攻遗传基因医学，他自己因三十年如一日优待多病的妻子而荣获师德标兵，尔后破格晋升为高级教师。

正当贾先生感到日子越过越滋润时，却不幸患上了白血病。儿子获悉后，给贾先生写来一信，大意是当今科学发展一日千里，人类基因工程前景灿烂，只要能坚持 8 年，区区白血病将死无葬身之地。

贾先生虽然久经病痛的考验，但以前毕竟是病生在妻子身上，如今要他自己亲身体验病痛，尽管他意志坚强，可身子还是不断垮了下来。每次化疗后，头发越掉越多，身上的肌肉越减越少，眼眶越陷越深，胃口越吃越差……

不到两年时间，贾先生早已变成瘦骨嶙峋，皮包骨头之人了。其妻见丈夫自身难保，儿子又远在地球之外，今后无人可依，竟在某一日偷偷服下 3 瓶安眠药而先走了。

终于，大观园医院出具的一张病危通知书寄到儿子贾宝玉手里，说是其父最多只有一个月的时间了。此时，宝玉正处在试制特种药“长生丸”的关键时刻。

29 天后，一瓶刚试制出来的“好了丹”从月球医药神堡特快邮寄到大观园医院。贾先生是在昏迷中被护士灌下第一颗“好了丹”的。没想到一个小时后贾先生便恢复了神志。医生欣喜地告诉他，是儿子宝玉发明的“好了丹”显了灵。

一个星期后，贾先生不仅面色红润，胃口恢复正常，而且体重竟增加了 5 公斤。

50 天后，也就是一瓶“好了丹”正好服了一半时，医生发现，贾先生的白血病竟完全康复了，于是，神药“好了丹”的名声随同发明者的名字贾宝玉一夜间传遍了世界各地。人类梦寐以求的起死回生的仙丹终于问世了！

100天后，也就是一瓶“好了丹”完全服完的那一日，医生特地为贾雪芹仔细检查了全身的各个器官，结果发现，原先的各种并发症全消失了——一切正常，完全健康！贾先生自己也感到，他这一辈子，心理与身体从没有今天这么舒适过。其原因不仅仅是因为他死里逃生，更重要的是令他骄傲与宽慰的儿子发明了神药挽救了他。喜讯通过电波传遍了全球各地。然而，就在贾先生最美好的时刻，悲剧还是发生了，正当世界各大传媒记者纷纷前来采访贾先生时，贾先生却于5分钟前在美梦中悄然死去！

世界舆论一片哗然，贾先生死因实在可疑！

正当大观园医院被传播媒体弄得精疲力竭之时，贾宝玉从月球回到了地球……

3个月后，法院判决，大观园医院赔偿给贾宝玉50000亿元钱。这笔钱正好是贾宝玉研制“好了丹”所亏欠下来的债务。

“好了丹”疗效神奇，立竿见影，适用于任何绝症！

然而，当地球人还来不及庆祝“好了丹”神奇功效时，一个令全球震惊、恐惧的幽灵隆重登场了——被“好了丹”治好绝症的人，无一例外地在不明不白中突然死去。

半年后，一个抢劫团伙想发横财而去贾宝玉住所作案，结果贾宝玉因拿不出歹徒所需的钱而被害。警察在整理贾宝玉的遗物时发现了一本关于研制“好了丹”的日记，于是爆出了一个比“好了丹”的疗效更惊人的消息——“好了丹”的别名是“安乐死”。“好了”的寓意是：“要了先要好，好了就要了！”“好了丹”的作用机理是，通过纳米机器人调整基因密码，使人体内所有正常细胞都具有战无不胜、攻无不克的抗病毒、病菌能力。当人体内适宜病毒、病菌生长的环境被清理干净后，这支具有旺盛战斗力的好战部队因找不到敌手无处释放能量而突然分裂内讧……这正是患绝症病人在健康恢复后，悄然死亡的原因。贾宝玉在日记中写道：从“长生丸”变成“好了丹”这一令人无可奈何的结局来看，人类企图长生不老的愿望是永远无法实现的。有生必有死，这是不以人的意志而转移的客观规律。人总是要死的，与其在苦痛的煎熬中绝望而死，总不如在安康的美梦中悄然而亡来得好。这正是“好了丹”的价值所在。

由于“好了丹”中的纳米机器人具有强大的自我复制能力且无法人为破坏，它竟像流感病毒一样可以到处传播。人只要被它感染，人体机能在100天内肯定会被调整到最佳点，而后突然死亡。因此，安康等于消亡的观念便横空出世了。

此后，地球人见面彼此的问话由“你吃了吗?”、“你发了吗?”，很快演变成“你病了吗?”

# 恢复人样不容易

4KK4 超级病毒席卷全球后，许多人深受其苦。被感染者的全身皮肤都被“蛤蟆化”，且奇痒难忍，不能穿戴任何衣裤。用手搔痒，一抓一个水泡，不但止不了痒，反而使病情加快蔓延。全球科学家虽通力合作，日夜加班，苦战三年，却仍未研制出有效药物。

正当世界上有 30% 的人被感染 4KK4 病毒后，地球村的村长高米耳先生也未能幸免于难，人们急急将他送入刚刚降临的特级医院——红楼神堡。

红楼神堡是牛尔多星球人为援助地球人克服 4KK4 病毒而派来的一艘飞船。

全身赤裸的高米耳先生，很快被红楼神堡的医生安置在一台 4 型超级治疗仪前。这台治疗仪初看就是一台普通的电脑，只是键盘上没有操作键，而是两只手掌的模型。医生要高米耳先生把十个手指一一对应地按住模型——

只见屏幕上立时出现了一份病情报告：全身皮肤被感染程度为 6.13%，主要病区是前胸部、手臂、大腿；痛痒度为最大承受能力的 8.16%；自身人体免疫功能发挥率为 53.86%；病情发展趋势为：3 小时后，胸部感染区面积将增加 6.14%，手臂感染区面积将增加 8.04%，大腿感染区面积将增加 4.11%……

一向对科学迷信的高米耳，当他听清楚红楼神堡的医生所介绍的“治疗方案”后，几乎晕了过去。他原以为神堡内的药物异常丰富、灵验，没想到神堡内根本没有药。医生告诉他，对付超级病毒，世上所有的药物都只是安慰剂，根本起不了实质性的作用。给人服药，是低档次的医院既谋人钱财又误人性命的肮脏行径。这种缺德的勾当，牛尔多星球人从来不干。当然，牛尔多星球人并非不讲科学，反而很崇敬科学，

否则，他们的飞船怎能自由穿梭于银河系？医生说，他们的医学研究证明，对付超级病毒，真正的药物每个人都有——人体是大自然的杰作，最高级的医生和药厂就是人体内的免疫细胞与免疫系统。每个人只要将自身的免疫功能提高到80%的工作效益状态，任何病毒、病菌都成了纸老虎。这一发现，正是牛尔多星球人崇尚科学的成果。

不打针，不吃药，要完全依靠自己的体能战胜病魔，这不是返回到原始社会了吗？高米耳禁不住大声责问医生。

医生仍笑眯眯地对高米耳说，科学总是按螺旋式上升的方式发展的。有时好像回到了原始，但实质上已经发生了变化。原始人不但不知道自身肌体有免疫功能，更不知如何调整自身肌体的免疫功能。红楼神堡的科学家发现，良好的心理状态是调整人体免疫功能效率的唯一钥匙。为此，红楼神堡的科学家还专门发明了一种能随时检测人体免疫功能效率的仪器——4型超级治疗仪。

高米耳闻言，不禁暗暗叫苦，口若悬河的骗子见得多了，如今定是上错了“贼船”。正在如此胡思乱想、心情格外沮丧之时，仪器警报声不断，画面上出现了“关羽败走麦城”的情景，人体免疫功能效率值显示栏中出现红色闪烁字样：48.3%。特别提醒栏中出现：原3小时后出现的病症将提前126.8秒出现。

真是神验！高米耳病情的变化果如预测的一样。在残酷的事实面前，高米耳不得不屈服于科学的力量，变成了一只被驯服的绵羊。他终于不折不扣地按照医生的建议调整心态。当他将自己的心态调整到“蒙娜丽莎的微笑”的状态时，4型超级治疗仪跳出了欢快的乐曲，免疫功能效率值显示栏出现：79.3%！这接近80%的免疫功能效率值，意味着高米耳将完全恢复健康！

奇迹出现，三个月后高米耳成为全球第一个完全依靠自身免疫功能战胜4KK4病毒的人。

然而，令高米耳痛心的是，服惯了药、打惯了针的地球人，有98.73%的人不肯接受这种不服药不打针的疗疾办法，而是病急乱投医，误了最佳治疗时间。结果是，多数地球人被4KK4病毒感染，人群中到处可见一张张凹凸不平、长着癞蛤蟆皮肤的人。红楼神堡飞船对执迷不悟的地球人失去了耐心，自行飞走了。

在高米耳的不懈奔走呼号下，全球科学家经过8年的科技攻关，人

类自己制作的4型超级治疗仪器终于问世。

只要调整好心态，就能使人体免疫功能的效率提高。人体免疫功能效率提高到80%以上，任何病毒、病菌都成了纸老虎！随着越来越多的“蛤蟆人”恢复人样，一个十分令人尴尬的事实出现：高米耳的秘书、二奶，是靠“不断偷窥他人隐私”而提高人体免疫功能的；高米耳的夫人是靠“不停地诅咒别人”而恢复健康的……世上只有3.7%的人是靠“微笑”调高自身免疫功能的，却有2.5%的人是用“无事生非”、“挖苦他人”、“诽谤他人”的办法调好心态的，另有17.2%的人是用“哭闹”、“要赖”的办法恢复健康的，更有0.61%的人是用“放火”、“抢劫”、“偷盗”、“谋害他人”的手段恢复人样的。

可怜的是，有46.9%的人始终不愿或不敢找出自己的“健康因素”，从而永远失去了人的形貌。

有人建议，用4型治疗仪作为选拔地球村各级干部的重要工具，于是，一场比4KK4病毒更大的风波席卷全球各地……

# 鸡蛋＋玄真

刚刚做完“鸡蛋孵出河蚌”实验，阿拉米教授一脸满足和惬意，很悠然地掏出蓝色丝帕，象征性地在自己的鼻子和下巴上轻轻擦了擦，而后很绅士地用右手划了一个“起”的手势，其意是鼓励第一批七十二名到红楼神堡留学的地球人的发问。

达尔文从最后一排的座位上站了起来，虽然被凳子撞痛了胫骨，仍勇敢地走上讲台。

达尔文将捂了嘴巴许久的白色丝帕递给阿拉米教授，告诉大家：“刚才看了实验后，笑掉了一枚大牙！真没想到，阿拉米教授居然用魔术当作科学！”

阿拉米教授不辩不恼，他用不锈钢镊子夹住达尔文的牙齿，用清水冲洗掉血污，把牙齿放入透明的玻璃烧杯中，而后倒入淡黄色的溶液，搅拌一阵子……达尔文的牙齿很快就被完全溶解了。

阿拉米教授把溶有达尔文牙齿的淡黄色液体，滴入一只刚刚从鸡蛋里孵出的河蚌体内，然后与另一只没有滴入溶液的河蚌一起放入“九级缩时培养仪”中……不到两分钟，实验结果就出来了：剖开两只河蚌发现，滴入溶液的这只河蚌身上结出了68颗黄豆般大小、光彩夺目的珍珠，没有滴入溶液的那只河蚌身上一颗珍珠也没有。

阿拉米教授问大家：“这些珍珠是怎么来的？是河蚌进化的结果吗？”

达尔文涨红了脸，说道：“有杂质侵入河蚌体内，才有珍珠产生，这跟进化无关！”

阿拉米教授在黑板上写下了“杂质”、“珍珠”四个大字。

然后，又开始做实验。这回，阿拉米教授把鸡蛋先放入酱色溶液中泡了25秒钟，而后放入“九级缩时培养仪”中，很快，一个从来没有见过的怪物被孵化出来。

这只怪物，虽然像鸡，却全身长着像穿山甲一样的鳞，它的叫声也很奇特，像婴儿的哭声。

达尔文大声叫了起来：“悲惨啊，这是严重的环境污染造成的怪物啊!”

阿拉米教授招呼2名学生与达尔文一起，共同对这个新怪物进行基因分析。

结果显示，新怪物与鸡的基因相同率高达99.998%。

通过实验，阿拉米教授告诉大家，畜生、鸟类、鱼类，与我们人类的基因绝大部分是相同的，人与苍蝇的基因相同率也超过98%……因此，我们只要用“鸡蛋+杂质”的方法就能培育出各种动物，关键是找对“杂质”的类型和数量!

这是一种完全颠覆“进化论”的理论，达尔文闻听后，很快气促胸胀，口吐鲜血，被送往医院抢救。

达尔文离去后，课堂气氛明显轻松了。阿拉米教授说，杂质进入河蚌体内，产生珍珠；杂质进入纯净的硅晶体内，产生了晶体管，从而人类拥有了电子计算机；杂质进入生物体内，可以改变遗传基因……他建议今后把“杂质”改称为“玄真”，以改变人们对灵异因素的偏见。其实，世上许多奇迹都是由“杂质”创造出来的。

课后，阿拉米教授陪同大家参观红楼神堡的动物园，这是一座全部采用“鸡蛋+玄真”方法培育出来的动物园。

走着走着，我突然被阿拉米教授的美女助手撞了个趔趄，只见她像饿虎扑食般地向正在清理垃圾箱的环卫工人冲过去……

阿拉米教授得意地告诉我们，他的美女助手正是用“鸡蛋+玄真”方法培育出来的，现在仍保留着“见到垃圾就冲”的鸡采食生活习性……不过，三四秒钟后她就会“清醒”过来。

# 电 子 人

我像对待客人一样，既给他泡茶，又给他削苹果，搞得侄儿阿顿有些不自在。

我跟阿顿并排地坐在双人沙发上。

阿顿不好意思地问："伯伯，你怎么这么客气？"

我说："伯伯想请你帮帮忙啊！"

阿顿一脸疑惑："伯伯还要我帮忙？不会吧？"

我说："这件事只有你才能帮，其他的人全都使不上劲！"

侄儿闻言，一脸喜悦："真没想到，大伯伯也有用得着我的地方！什么事？快说吧！"

我用左手握住侄儿的右手，说："听你爸爸妈妈说，你会听伯伯的话？"

"嗯！"

"那你就给伯伯一个面子，真的听听伯伯说的话！"

"……"侄儿的右手抽离了我的手，抓了抓后脑勺，没有说话。

"现在，放暑假了，按理你们可以玩玩了！"

"可爸爸妈妈老是说不能玩！"

"应该玩一玩！怎么玩？想过吗？"

"爸爸妈妈不让玩，还怎么去想啊？作业！作业！作业！他们只知道叫我做作业！"

"玩，也是作业！"

"你不是骗我吧？玩怎么也是作业？"

我很耐心地跟侄儿说，玩也应该有计划——玩什么？什么时间玩？怎么玩？而后又启发他"劳逸结合"，帮助他建立"该玩时，玩个痛快；该学习时，努力学习；该休息时，好好休息"！

我用了一天的时间，与侄儿充分讨论后，帮助侄儿制订了一份详细的暑假作息时间表。

什么时候看教科书，什么时候写作业，什么时候上网，什么时候看电视，什么时候去打球，什么时候去逛街，什么时候去会同学……能想到的，都写入计划里。

这份暑假作息时间表是侄儿有生以来第一份计划，他想得很周到，写得很认真。

在这份暑假作息时间表上，他签了字，我也签了字。

我叫他把这份暑假作息时间表贴在书桌前面的墙壁上。

我对侄儿说："你按计划读书、休息、玩，就是成功！就是给伯伯面子，就是给伯伯帮忙了！"

侄儿很爽快地答应了。为了证明他的诚信，他还主动跷起左小指头，提议跟我"拉钩钩"。

一切形式都很认真地履行过后，计划并没有真正落实，这是我早就预料到的，毕竟侄儿才十三岁啊。

事实上，前五天我一直做"护航"，严格按计划做事，侄儿老老实实。第六天，侄儿在没有人"护航"的情况下，很快就"原形毕露"——又沉迷于电脑游戏了。

出现问题，这是我预料中的事。我对侄儿说："人最难的是战胜自己！要学会管理自己！要明白，电脑是工具，而不是玩具！"

在电脑的鼠标上，我特意贴上"战胜自己"四个字，告诫侄儿"改掉陋习"。

可是，侄儿一再让我失望。后来，我每次去突击检查，总是发现他在玩电脑。

不入虎穴焉得虎子。为了掌握电脑的害处，我请侄儿教我玩电脑游戏。

终于，我了解了虚拟世界的神奇魅力——

"反恐精英"、"开心农场"、"人肉炸弹"、"朋友买卖"、"挖金子"……正是"虚拟世界如此多娇，引无数英雄竞折腰"——真可谓"风景这边独好"、"此间乐，不思蜀"！

我时刻提醒自己是成年人，是教师，玩电脑是"理性的"……那天，我打开"谷歌"卫星电子地图，想看看自己居住的城市最近又有那些道

路在“开胸验肺”时，突然，屏幕上跳出一个提示：“想看看自己吗？请下载‘麦乐’电子人图。”

出于好奇，我点了“接受下载”对话框。

天哪！（我只能这么叫了！）

当我点击电脑里的地球仪中自己所处的方位后，随着放大倍数的不断提升，一个越来越清晰的人影显现在电脑里——电脑几乎成了镜子，里面的那个“我”——一举一动跟自己完全相同！

真是太不可思议了！“麦乐”电子人图——哇！

更让人惊讶的是，如果再拉升放大倍数，自己全身的血管、骨头、内脏都看得清清楚楚！

我把鼠标放在电脑中的“我”的大脑的中间位置，想看看自己大脑的构造——

随着放大倍数的不断拉升，屏幕上先是出现“青藏高原”般的景象，而后就变得一片模糊，最后……居然出现一个城市……那穿梭于街道中的一个个人影皆清晰可辨！

是不是在做梦？

我拨通弟弟、老婆、北京大学同学、美国朋友的电话，请他们看看“麦乐”电子人图，其结果是——他们跟我不一样，都看不到自己身上有“小小人”！

二十年后，侄儿阿顿成了研究“小小人”的专家。

原来，用“麦乐”电子人图看到的“小小人”都是真实的，每个人的身上都有“小小人”存在，但要发现他们却不是很容易的事，犹如到太空找生命，一是需要缘分，二是需要耐心。因为这种“小小人”实在很小很小——若把很小很小的电子放大成地球般大的话，那么，用“麦乐”电子人图看到的“小小人”，其高度不会超过1纳米。也就是说，这些“小小人”是把很小很小的电子当做地球来居住的，因此，这些“小小人”被命名为“电子人”。

可惜的是，由于“麦乐”电子人图的放大倍数受技术制约，现在，我们还无法弄清“电子人”的许多特性，诸如他们的存在有什么意义、他们跟我们到底有什么联系等等，都有待我们去进一步探索。

# 爷爷的遗憾

说来你也不会相信，我爷爷与曹雪芹是很好很好的朋友。

爷爷与曹雪芹是怎么相识的，又是何时相识的，已经无法考证。

爷爷告诉我们，自从他跟曹雪芹相识后，两个人几乎是形影不离，他们两个人好的程度就像是一个人似的。

我们很纳闷，才华横溢的文学奇才曹雪芹怎么会跟普通人——我爷爷那么合得来？

对于这个问题，我们不知问了爷爷多少次，然而爷爷的反应每次都让我们震惊——爷爷迅即牙齿紧咬两眼发直口吐白沫脸色铁青喉咙嗷嗷……15 秒内肯定晕死过去！

见爷爷对此问题的反应竟然如此“雷人”，我们都很好奇，但又不敢多问。可是，那些不属于爷爷的子孙的“好事者”们却偏偏很喜欢问这个问题，这些“好事者”们好像很喜欢有人“出丑”，他们根本不关心我爷爷的承受能力。

爷爷的衰老程度明显在加快！

唉，与大名人结缘也并不都是福啊！

爷爷终于挺不住了，住进了医院。

没想到，在医院里爷爷照样不得安宁！

那些“好事”的医生、护士竟然也逐渐加入到折磨我爷爷的行列里去！

爷爷终于病危了……不省人事……安然地躺在重症监护室里。

爷爷不会动了，不会吃不会喝不会说也不会睁眼。叫他不会答应，拧他没有反应。

爷爷昏睡了很长很长时间后，也就是当大家都把他忘记的时候，他却突然醒了过来——神志清晰，眼睛发亮，说话流利。

医生知道我爷爷是回光返照，马上通知我们去医院见爷爷。

爷爷见到他的子孙88人全部到齐，很高兴。

爷爷向当省卫生厅厅长的第8位孙子黄尽职下命令——借用医院的会议室开个家庭会议。

爷爷坐在会议室的主席台上，容光焕发，精神矍铄。

黄尽职主持会议，宣布家庭会议开始。

爷爷扫视了两遍会场里的每个子孙（包括会议主持人黄尽职）后，坚定地拿起麦克风，站起来说话。

爷爷的临终遗言会是什么？我们没有去猜测，也用不着去猜测，反正一切很快就会听清楚的。

谁也没有料到，爷爷竟然主动告诉讳莫如深的话题——他与曹雪芹的故事。

原来，爷爷跟曹雪芹的生辰八字相同，又是同学，情趣才学不分伯仲。

35岁那年，爷爷与曹雪芹相约去秋游。

傍晚时分，不知不觉，两人走到了一处大院门前。

此大院坐落于森林中。只见大院的正门上方隐隐约约写着四个大字：“红楼神堡”。

四周异常冷清。往里张望，庭院深深，却不见人影。

爷爷与曹雪芹正要离开，却忽地闪出四个红衣少女拦住去路。

四个红衣少女很有礼貌地邀请爷爷与曹雪芹进去。

“这是哪里啊？里面有什么好看的？”

“进去看看就知道了！里面的好东西多着哩！”

“好东西可以免费看吗？我们没有带钱啊！”

“我家主人才不稀罕钱哩！我家主人得知你们两位大才子来临，特意派我们来迎接！”

“你家主人是谁呀？”

“进去看看，不就全知道了？”

正当犹豫间，四个红衣少女突然两两抓住爷爷与曹雪芹，不由分说就往门里面拖。

突遭变故，我爷爷使劲挣扎，终于逃了出来，然而曹雪芹却被四个少女拖进去了。

稍稍冷静后，爷爷不敢离开，心想："曹家已经破败，也没有什么可以敲诈的，身上又没有值钱的东西，而今是太平盛世，一个大男人总不会被人吃了吧?"

四周无人，唯有森林的沙沙风声，有些恐怖。爷爷躲在近处，等候曹雪芹的消息。

不知过了多久，一直不见曹雪芹出来，爷爷终于急了，跑到公安局报案。

不可思议的是，爷爷领着警察去找人，却怎么也找不着"红楼神堡"了。

更不可思议的是，失踪了88天的曹雪芹却突然回来了。

曹雪芹喜滋滋地告诉我爷爷："红楼神堡里面有数不清的宝贝！此堡只应天上有啊!"

据曹雪芹告诉，红楼神堡是一个艺术大宝库，里面有人类五千年的文明史，各类文物、珍宝应有尽有！其堡主是警幻仙子，此人最喜收藏，凡各类有收藏价值的东西他总要弄到手。

平时，警幻仙子把宝库看守得严严实实，绝不允许任何人观看他的宝物。然而，时间久了，他又担心别人不知道他收藏着那么多的宝物，于是他又不得不邀请有才学的人去看看那些藏了很久的宝物。

曹雪芹被强行邀请观看宝物后，唯对红楼神堡图书馆内的一部《石头记》倾心，遂仔细阅读，默记于心。

回家后，曹雪芹抛开一切事物，专心默写《石头记》。终于，辛苦十年，增删五次，一部旷世奇书《石头记》与世人见面。成书后，曹雪芹并不忌讳《石头记》的来历，书中开篇就明白告诉读者："忽见一大块石上字迹分明，编述历历……方从头至尾抄录回来，问世传奇。"

说完曹雪芹写《石头记》的故事后，爷爷十分伤感地叹息："本来，我也有曹雪芹一样的素质和机会，可惜有机遇却抓不住，白活了一辈子！真痛心啊！什么是人生最大的痛苦? 决不是钱没了，人还活着！而是像我这样——机遇来拉我，而我却使劲跑开了，这才是人生真正的最大痛苦!"

爷爷最后告诫我们："面对疑惑，面对恐惧，面对挑战，坦然地接受，勇敢地迎接，也是一种福分！在重大机遇面前，坦然——往往比才华、智慧更重要!"

爷爷把他的人生经验告诉我们后，当晚就离开了人世。

欣慰的是，爷爷是安详地离开我们的。

# 残疾人

高过天主任放下茶杯，用手指轻弹了几下麦克风后，说道：“同志们，现在开始开会。我们长话短说。按照国家关于保护残疾人权益的有关规定，像我们这种单位，必须要落实两名残疾人就业这个问题。其实，我们早已落实，并超过了两名残疾人就业。可是，问题很出乎我们的意料。截至今天，我们这个单位，还没有一名同志向主任办公室申报自己是残疾人。尽管我们私下曾做过几个同志的思想工作。可是，结果还是无人来申报。同志们，这个问题，我们不能轻视！因为，安置残疾人就业是一项政治任务。我们现在无人申报残疾人，就意味着我们必须再接受两名残疾人来就业。事实上，人，应该自知之明，要实事求是。自己身体有缺陷就应该承认！实事求是嘛。人家都是有眼睛的。大家都是看到的。怎么能够避讳呢？不过，现在提倡搞民主。谁是残疾人，不能由领导说了算，要由大家来定。所以，我们决定开今天这个会。也就是说，我们今天这个会，主要是解决我们这个单位有没有残疾人，和谁是残疾人这两个问题。我们行政会议已经讨论过了，决定以无记名投票的方式来解决以上两个问题。我相信，人民群众的眼睛是雪亮的！人民群众是最公正客观的。下面请徐达标书记安排无记名投票的有关事宜。”

徐达标书记接过麦克风，说道：“我们单位共有工作人员一百三十四人。今天实际到会的人数是一百二十八人。缺席六人。其中一人产假，一人是切胃住院，二人出差在外，二人不知去向。为了公正、客观和提高透明度，我们决定当场检票。检票人员由抽签决定。必须说明的是，这次无记名投票，结果不论如何，我们都必须接受。因为这是民主评议的结果。下面我先讲一讲如何填写选票的问题……”

会议程序按预定方针有条不紊地进行着。

抽签选出四名检票人员。

由检票员向大家发选票。

大家按规定认真填写选票。

检票员收票。

检票员数票。

检票员检票。

检票员公布检票结果如下：

按得票数排列：

姓名得票数残疾部位及说明

高过天 125 眼睛，公款、私款分不清

徐达标 123 耳朵，不能听下面人的意见

金林清 38 左腿，因偷盗跌断

钱小刚 29 右手食中两指，被赌友砍去

李巧妹 28 舌头，被情夫咬断

傅友红 28 左脚，因拐骗幼女被打断

# 让你摸个够

“老兄，到底摸什么？”我红着脸问那个进去“摸”过的A君。A君用鄙夷的目光狠狠地瞪了我一眼，说道：“你自己进去摸摸不就知道了吗！我可是花了五十元钱的。”

被他这么一训，我似乎开窍多了。是啊，要知道梨子的味道，不去亲口尝尝怎么行呢？我终于下定决心，忍痛取出五十元钱，买了一张能进去“摸”的门票。心想，有此一遭，或许便不枉此生了。

微微发抖的手，按动房门的电钮，门“唰”地开了。人刚进去，门就自动关闭。走进一间亮着微弱红光的房间，只见里面空荡荡的。

我焦灼不安地等待了一会儿，仍没有什么可摸的东西出现。正要生气，忽见东面墙脚处开有一个饭碗大小的洞，上面贴着一张字条。凑近仔细辨认，看清上面写着：“请伸手往里摸。”

因洞口实在太低，人只能伏在地上，屏住呼吸，伴着“怦怦”的心跳，紧张兮兮地伸手往洞中摸去。起初什么也没有摸到，直等到伸直整只手臂的所有关节，臂根紧紧堵住洞口时，才好像摸着了什么似的。

摸了半天，直累得手臂手指发酸发痱，直累得颈、腰、背像散了架，自己却仍搞不清楚到底摸到过什么，然而又好像确实摸到过什么……

“老弟，过瘾吗？”在“五十元钱摸个够”的售票处徘徊了很久的B君问我。

我本想大呼上当，然又觉说不出口，那不是等于骂自己是傻蛋吗？瞧见B君那充满期待的眼神，我不禁瞪了他一眼：“进去摸摸，不就明白了吗！”

B君终于不再犹豫，掏钱买了一张门票。看见B君进了那扇厚厚黑黑的门，我忽地高兴起来。

“花此五十元，值！”我对自己说。

# 血色豆浆

“哎，哎，哎！漫出去了！”我大声对店主喊道。

店主似乎是聋子，对我的话根本没什么反应，右手还是用勺子一个劲地把豆浆往小桌上的小碗里舀去，口里则不紧不慢地数着：“1碗，2碗，3碗……”

我本想大骂店主“有毛病”，但想到自己孤身一人第一次到这人生地不熟的H小镇，还是忍住了。于是冒出喉头的话便变成了：“店老板，你有没有搞错？”

店主闻言，乜了我一眼后，说道：“我开这爿店时，你还没来这世上呢！整整二十六年生意做下来了，从没搞错过！”

“那，你怎么老是往小碗里舀豆浆呢？”

“他要买，我要卖！公平合理！”

“全流到地上去了！为啥不给他弄个大盆装装？”

“用什么东西装豆浆，这，你我就作不了主了。还得由顾客自己决定！本店讲究的是公平买卖，童叟无欺！”

我忽然发现，用小碗买豆浆的是一名年约十一岁的小子。我对那小子说：“你这钱花得冤不冤？”

没想到那小子眉头一皱：“关你屁事！我自己的钱，该怎么花就怎么花！只要我高兴！”

我忽地对店主大叫：“别让这小子寻开心，别卖他！”

“有货不卖？你是不想让我开这店了？小兄弟呀，难道死了张屠夫就没人吃猪肉？”

“小哥，你是第一次来我们这小镇的吧？你就少说两句吧，那三小公子只要听到有人不服，他就要再加买一碗的！”坐在我边上的一位老伯小声对我说。

“不！从今天开始，有人不服，我要再加买 3 碗！”真没想到三小公子的耳朵竟会这么灵。

我环顾左右，只看到满满一屋子人都在自顾喝豆浆，只听得店主像念经一样地数着：“……28 碗，29 碗……”

流了一地的豆浆，像脓水一样向我就座的地方流过来，令我感到阵阵恶心。

“别跟孩子比见识！”我跑出了那店。回头一瞧，那淌在地面上的豆浆却忽地泛红起来，犹如鲜血一样。

# 在马路上奔跑的鸡蛋

8月8日，在红城的电视节目里播出一起交通事故的新闻。电视画面是一段交通监控录像。在人流车流如潮的红楼桥东头的十字岔口，忽然一辆满载着鸡蛋的脚踏三轮车斜刺里闯红灯冲了出来，很快被一辆疾驶而来的出租车撞到——顿时人仰马翻，碎鸡蛋洒满一地……

还端着半碗饭的刘大妈边看电视边骂道："该死啊，要钱不要命！明明是红灯，仍是要硬闯……这些民工……素质太差了……赚钱赚疯了！瞧瞧，这下可什么也没了……"

"开出租车的，也没有一个好东西，总是疯快，明明知道这里每天要出事故，还是硬来……也没人好好管管！"刘大伯却对妻子刘大妈的话感冒。

"谁硬来了？哪边是红灯？你瞧清楚了吗？"

"得理了就不能开慢一点吗？也不想想人家也是爷娘生的……"

"自己寻死，就该撞死！就该白撞！这些民工，也真是的，怎么就撞不怕呢？前天不是有两起被撞了吗？"

"就你心狠！他们撞死了，对你有什么好处？也不想想，没有这些民工，你那3间店面房能租得个好价钱？"

电视画面。一名满头华发、满脸菊花皱纹的老妇欲哭无泪地倾诉着，从她那断断续续的言语中，观众终于明白了——被撞的三轮车夫是她的儿子，25岁了，未婚。娘儿俩来红城打工已5个年头。儿子从没固定工作，这次是给某超市运送鸡蛋的，结果全砸了。她自己则拣垃圾为生。娘儿俩就住在西城郊的垃圾房里，白天人家放垃圾，晚上他们将垃圾搬走住进去。儿子如今正在市中心医院抢救，已昏迷5天未醒，每天医药费7000多元。娘儿俩来红城所挣的钱只够付3天的医药费。儿子身上还有7块骨头被撞碎，左小腿3处骨断，肿得比平时粗了一半多。如今，她

早已身无分文，还欠医院一大笔债，儿子命在旦夕——求求好心人救救她儿子！

电视机前的刘大妈又禁不住开口了：“真是作孽呀，要死就死好了，一了百了，一下子撞死就好了！这样不死不活的，不知要花多少钱？就是救回来，骨头断了7块，后半辈子靠谁养啊？要是成了植物人……只怕是，更大的悲剧在后头呢！”

“胡扯！少说几句行不？也不怕别人笑话……天地良心跑哪去了？”

“我说几句真话也错了？自己闯红灯，自己作了孽，就该自己负责！有良心的人，就不该连累老娘！”

2天后。电视画面。电视主持人与车夫的老娘在医院接受群众捐赠的画面交替出现。据说，捐款已有13万多元，但伤者仍处于深度昏迷中。

电视机前的刘大妈又禁不住开口了：“老妪快要发财了！要是知道有这么多人去捐款，我那300块钱就不捐了！唉，要是人家钱捐多了，这作孽的人却突然死了，岂不便宜了这老妪？”

“胡扯！真是妇人之见！儿子没了，钱再多又有什么意义？要知道，原本有的却失去了，是比原本就不曾有过的——更不幸……更可怜……更痛苦！”

“蠢老头！你真是越来越不像话了！怎么老是跟老娘过不去？老娘我什么地方得罪你了？是不是到了更年期要闹离婚呀？”

“跟你没法说清楚！”

“我就要你说清楚！否则，咱俩没完！”

8月14日。电视画面。电视主持人与救护车搬送病人的画面交替出现。主持人告诉观众，病人经11天救治仍未苏醒，捐款已达23万元。为了节省开支，在病人母亲的强烈要求下，病人于早上8点离开医院，转回其老家白垢镇一家档次较低的医院继续救治。另外，电视还播出了一则消息：在事故发生地，至今仍有一只鸡蛋每天在马路中央来回奔跑着……十多天过去，竟没被如潮般的人流车流压碎，真是奇迹！

在电视机前的刘大妈又禁不住开口了：“这只神奇的鸡蛋一定是车夫的魂灵了，只要这只鸡蛋不被压碎，车夫就还有救！”

8月15日。电视播出新闻，说是昨晚在红楼桥东头的十字岔口，一名老伯因闯红灯去捡奔跑的鸡蛋而被汽车撞死，一名老妈因去救老伯而被随后的快车撞倒！死后的老伯手里仍紧紧地握着一只完好的鸡蛋。

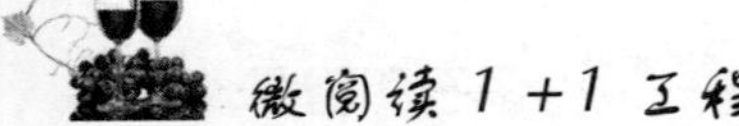


刘大妈家的电视机前，空无一人。因为被撞的人正是刘大妈夫妇。30年前，刘大伯来红城打工，后与房东之女刘大妈结婚，因刘大妈不会生育，俩人至今无后。前面被撞的车夫的母亲，原是刘大伯的情人，只因世道多艰、老天作祟，俩人有缘无分。

刘大伯被火化后，出事地忽然出现奇特现象：两只鸡蛋每天在马路中央来回奔跑，如潮的人流车流到此都缓下气来，始终没有压碎它，也再没有人去捡它——终于成为红城的一道迷人风景。

据说，从那以后，原本每天出事故的红楼桥东头的十字岔口不再有人被汽车撞死。

# 十年流水账

常常想起一个人。

这个人姓常，名见真，原先是乡下某中学的一名老师，退休后定居于城区的祖房里。此人右眼天生只有左眼一半大，平时只开右眼，说是为了让其多用而变大，可他努力勤睁右眼一辈子，也没能明显缩小两眼的差距。

他的摄影技术并不好。在我主编的版面上，每月我会照顾性地发他一张照片。他很知足，心里也知道这份情，每次相遇，他总是很热情地呼我“黄老师”，尽管他的儿子要比我大10岁。

我曾很认真地问过他，拍了那么多照片，光冲印照片就花光了他的退休金，拿回的稿酬还不到百分之一，做如此大亏本的买卖图个啥？对此，他很认真地答复我：钱是身外之物，能图个身体好心情好就很划算！东走走，西逛逛，哪里热闹就往哪里凑，日子过得很舒坦，原先的七痛八痛倒是渐渐少了。他说，儿女两个很争气，大女儿办了一家大工厂，常常叫他去拿钱，小儿子在美国工作，也常要给他寄钱！

那天，我到市中心医院看望因车祸住院的同事陈某，在病房里竟意外地遇到了常老师。常老师不是特意去看望我的同事陈某的，而是他比我同事早25天就住进这个病房里了。我这才依稀想起确实有多天不见常老师来报社了。

常老师确实瘦多了，绑着白纱绷带的右眼格外刺眼。

我问常老师怎么受的伤？

他努力睁开了闭惯了的左眼说，性格即命运啊！性格不好，所以命运也不好！

细谈中，我终于明白了事情的经过。

出事那天，常老师是应校长邀请才回到阔别10年的乡下学校的。校

长说，你是学校的老教师，经常在报上发表作品，怎不给我们自己的学校宣传宣传？常老师说，他对自己任教了36年的学校没有好感，所以退休后从未回去看过。这次突然接到校长打来的电话，有点激动——或许是鬼迷心窍罢了，竟然一下子就答应了。

我问常老师，教了36年，可谓是一生心血都奉献给了这个学校，怎么会没有好感呢？

常老师凄然一笑，告诉我：他原本住在学校的自来水塔边上的实验楼里。实验楼不大，只有一层，共4个教室。其中两个教室是给学生上实验课用的，另一个半教室是用来放置教学仪器的，剩下的半个教室用薄木板隔开给常老师当寝室。实验楼在学校的西南角，地处偏僻，就常老师一人住此。那自来水塔是常老师退休前3个月才建好并开始使用的。有了自来水，大家都很高兴，因为以前洗脸刷牙洗衣蒸饭全要自己动手取井水。有了自来水，问题也来了。最大的问题是浪费，一些人在刷牙、洗衣时不关水龙头，水哗哗地流，让人心疼！为此，校长在大会小会上从不吝啬口水。领导重视，效果当然就好！学生教师这头，浪费情况堵住了，可常老师发现，更大的浪费却在水塔这边。只有人开抽水电闸，却没人及时关电闸。除用水高峰期外，特别是晚上无人用水时间，水塔上面的溢水口老是冒水，常有“庐山瀑布”之景观。为此，常老师没少向校长报告，校长也没少向管自来水的刘四发火。后来，事情闹大了，刘四被扣一个月奖金，刘四扬言要毁了常老师的左眼。常老师被总务主任张二请去上饭馆撮了一顿。张二告诉常老师，新招工进来的刘四是教育局局长的外甥，专职管自来水，智商不高，脑子又生过毛病，从小娇生惯养，所以性格也不好，又懒又蠢，要不是关系户，早就开除了！校长说了，人也批评了，钱也扣过了……到此为止吧。一个开关都管不好的人，还能做什么事？总不能将刘四往绝路上赶吧！他可是全校工资拿的最少的人啊。校长以前可从未扣过别人的钱啊！

“我已严厉警告了刘四：只要常老师的毫毛少了一根，我就把你的双手废了！常老师啊，您是德高望重的老教师，总用不着跟刘四这种有靠山没脑筋的小混混去比见识吧？”张二主任的这句话好像一块鸡蛋石一下子就把常老师的出气口给封死了。

后来，水塔里装上了一根手臂般粗的引流管，溢出的水从管里边流下，很快进入排污涵道，彻底消除了“庐山瀑布”。

后来，常老师退休回家。一别10年，从没回校去看看。

“想不到啊！这次校长要我回去宣传学校的节水教育。校长说，自来水井原先只有28米深，10年后的今天井深已达158米，可水还是不够用……”

正当校长忙于布置全校师生节水宣传会议会场时，常老师特意去水塔边看看。老远，常老师就听见“哼哄——哼哄”声……常老师走到水塔下，好不容易撬开一块50厘米见方的水泥盖板。

——天哪！只见10年前的那股清澈的流水正从手臂股粗的引流管里欢快地冲下来！

常老师眼前突然一黑，一头栽倒在水泥地上，等他醒来时，发觉自己的右眼已被撕裂……医生告诉他，现在他的双眼已经一样大了。

如今，常老师再也不来报社投稿了。据说，常老师只要听到有人讲节水问题他就发晕，他也见不得像流水一样的印刷报纸的现代化程控机器……

不会再来报社的常老师，我却每日想起他。

# 拜望恩师

出现在我们面前的竟然是这样一幅画面：一座背靠一片竹林、坐北朝南、排三四厢、两层砖木结构的江南民居，被大火烧得只剩东面两间厢房。断垣残壁边长满了一二尺高的各种野草，有一些不知名的野花正摇头晃脑着，似乎想打听我们这两个不速之客的来历和身份。被烧的房子，还剩着一人多高的残墙和未被完全烧化的乌黑的、嶙峋的木本构架，那直刺天穹的焦黑的七、八根房柱，像手机信号转发天线，正默默地向远道而来的我们播撒那大火的熊熊气势与乌黑浓烟的滚滚热浪……

给我们指路的热心的老村妇个子虽然矮小，身高大概只有 1 米半，穿着也很土气，但口齿非常伶俐。她告诉我们，贾老师就住在没被火烧掉的两间厢房里。

从健谈的老村妇口中，我们得知：这个村子只有一个贾姓，全村总人口不到三百，这座被大火烧掉的房子是全村档次最高、规模最大的老房子。30 年前，这座房子曾挤住过 8 户人家。改革开放后，住在这座房子里的人逐渐移到山下、城里——穷怕了的人个个都忙着下山脱贫，进城打工，致富奔小康去了。7 年前，这座全村最好的房子竟成了一座空房。5 年前的大年初三夜，不知怎的，这座房子忽然起了火，就成了如今这模样。现在，全村的青壮年都走了，仅剩下不到四十来个体衰的老年人。算来算去，今年 61 岁的贾老师，是如今住在村子里最年轻的人了！老村妇得意地说，她比贾老师整整大一轮，是看着贾老师长大的堂婶。

老村妇说，贾老师是该村唯一念过大学的人。1963 年，贾老师考上大学时，全村户户人家都给他放鞭炮，户户人家都给他送鸡蛋！都以为，贾老师是个大有出息的人。唉，谁又想得到，贾老师不知犯了啥病，58 岁那年，也就是 3 年前，居然自己辞职，只身回到了村里，住进了二十多年不曾住人的祖房里！唉，听风水先生说，我们村地皮太薄，山太穷，长在这里的人呀，成不了大材！真是应验的很哪！听人说，幸好贾老师有

一个在县政府当官的学生，想方设法为贾老师保住了退休工资。可是，贾老师并不领情哪！据说，保住贾老师退休工资的理由是：贾老师神经不正常！也就是说，贾老师脑子有毛病，所以才会辞职回老家！现在，贾老师每天与七八只羊做伴，早出晚归，满山遍野地跑。他常常跟人说，养了大半辈子猴子，最得意的是，教出了36只会说洋话的灵猴，没想到，这些学会了说洋话的猴子全跑到国外去了。真是糟蹋了粮食，糟蹋了心血，糟蹋了手艺，糟蹋了希望，真是愧对那些饿死的猴子！更对不起那些被饿死的人！这是犯罪呀！真是愧对祖宗，愧对先贤，愧对自个唷！

贾老师说，最可气的是，他的宝贝儿子出国留学后，就再也没有回来，还娶了一只说什么“大吉大利”（意大利）的洋猴做老婆；他的女儿，竟然被他的猴子勾引到了卖（美）国。这还不算，最终，他的老婆——那个每天三餐做啥菜烧啥饭都做不了主、依附了贾老师大半辈子的女人，居然也跟随女儿出国不回来了，专为女儿养小猴子去了……如今，大家都以出村、出山、出国为荣，可贾老师就是讨厌“出国”……他的脑子正常吗？

站在贾老师的老屋前，听着老村妇的娓娓诉说，我忽然发现我哥的脸色变得铁青，我忙问：“你咋了？不舒服？是不是爬山累着了？”

哥没说话，也没看我，只是两眼慢慢地清点着那些被大火烧焦的房柱……

贾老师是我哥的恩师，原是县城第一中学的数学高级教师，是我哥高中两年的班主任。贾老师是个很偏心的人，高二上学期末，同学们起初没评我哥为“三好学生”，结果害得全班学生举行了7轮“三好学生”的评比，直到全班都知道非把我哥评上不可为止。没有贾老师，决不会有我哥的今天。1978年，我哥考上北京大学，我家特地邀请贾老师来家做客。那天，我哥怕请不动贾老师，遂叫我一同前往，说是兄弟俩“就是拖也要把贾老师拖来”。没想到，到了县城一中，说明来意后，贾老师竟很爽快地答应了。

县城离我家有50多里远，其中有40里是山路，只能用双脚走。那天，师母说，贾老师前两天扭伤了脚，还没好呢，要我们等贾老师脚伤好了以后再来。正当我们不知如何是好时，贾老师却坚定地要跟我们走。贾老师说，山路有什么好怕的，他自己就是从山路里走出来的！26年后的今天，被美国某大学聘为“终身教授”、在美国定居已17年的哥哥，和已担任县交通局局长的我，能用自己的双脚走20多里山路去拜见贾老师，无疑，两者是有千丝万缕的关系的。

那晚，贾老师和我们兄弟俩同睡一张床，一晚上几乎没睡觉。因为贾老师喝醉了酒，我和哥守着贾老师直到天明。

一晃二十六年过去了。

这次，我哥回乡是以“外商”的名义回来的。去年，我领导的交通局因没有完成县里下达的“招商引资”任务，我这个新任局长被新任县委书记狠狠地批评了一顿。今年，要是也没法完成380万美元的“招商引资”任务的话，我的前景可就难以预料了。

总算“吉人天相”，做房地产生意的内弟给我出了一个好主意：资金由他想办法在本县筹措，然后想法转到国外去。“外商”由我想办法让我哥担任。事成之后，县里给“外商”的政策性优惠由我哥领取、内弟享受。经过周密地部署，我们各得其所。“大事”办妥以后，在老父的一再督促下，终于，我陪我哥来到了贾老师的祖居前。这是我哥出国留学以后首次来拜访贾老师。

“我的故乡并不美，低矮的草房苦涩的井水，一条时常干涸的小河，围绕在小村的周围……”忽然，从远处飘来了雄壮而沙哑的歌声。老村妇闻声忙笑着对我们说：“贾老师回村了，你们到村口看看去吧！”

渐渐地，映入我们眼帘的是，三只雪白的大羊首先从前面约百米外的山冈的树林中蹿出，四五只童羊尾随其后，而后一个清瘦的挥舞着羊鞭、吆喝着歌声、穿着一身灰黑中山装、散乱着满头华发的山民爬上了山冈。

“归来吧，归来哟，浪迹天涯的游子；归来吧，归来哟，别再四处漂泊……”忽地，半首分明有些走调的《故乡的云》从贾老师那沙哑的喉咙里向四周飘散开去。

我正要向前去迎接贾老师，不料，我哥却向后拉了我一把。

“我们躲一躲，还是不见为好……”哥边说边径自走开了。

我大惑，忙追上去问哥：“好不容易来到这里，怎么没见上贾老师就要走了？不是白来了吗？”

哥说：“你又不是瞎子，怎会没见着他？他的房子，他的身子，他的羊和他的歌，还有他的猴子……不是都看见了吗？”

我定了定神，问：“贾老师的猴子在哪呀？”

“不要用眼……要用心去看……你的身边就有一只……”哥的脸好像全是冰。

# 鞠 躬

这是初冬的一个傍晚，西边的太阳虽还没有落下山，但也只有丈把高了。天上没有彩霞。太阳被裹着小刀子的北风磨得亮锃锃的，看去好像是十五的月亮。

想起自己最得意的学生宋连元3天没来上学，音讯全无，我不免加快了步伐。离考大学，数数日子只剩二百来天，怎能松松垮垮？我还盼望他明年考个高分，给我脸上贴贴金呢！虽是第一次去家访，人生路不熟，但我认定，只要翻过前面这个山冈，就快到宋宅村了。

撇下几棵零星的杂树后，我就上了山冈，只见前方三四里远处有两排村子，一左一右，相距二三里，皆是炊烟袅袅。我不知哪个是宋宅村，就想找个人问问。

四下张望，终于发现左边百步外的一块小农田里有一人在劳作。

我走了过去。这块小农田不大，大约不到一百平方米，种着糖梗。看到周围都是荒芜的杂草山地，我就认定这是“见油就揩”的吝啬鬼式的农民利用别人打情骂俏的时间摸来的外快。地里的糖梗一半多已翻倒，其余的也全部被剥光了身子，且砍了头。

我走到农人跟前时，见他正吃力地摇晃着一根糖梗，犹如七八岁的顽童在拔比自己身高的春笋。拔了多次，仍没将其拔出。其实，这根糖梗并不挺拔，倒是矮小，只是有些粗蠢罢了。仔细一瞧，这块地里的所有糖梗都是侏儒，没一根有我肩膀高，且枝枝节挨着节，明显是营养不良、青春期饱受干旱之苦的产物。我真怀疑，这些糖梗是否能榨出糖水来？拿到市场上，是否会有人要？我不知道，主人收割这些糖梗，是把它当作柴火，还是把它当作儿童玩耍的棍子出卖？

因要问路，出于礼貌，我叫了一声：“老伯！”

他没什么反应。在我叫了他四五声后，也没有应，我真怀疑他是否

聋哑。直到我拍了拍他的肩膀后，他才缓缓转过身来——

我被吓了一大跳，像被触电一样本能地缩回了手，似乎老农的身上寄居着众多的病毒与病菌。

这位老农肯定是我见过的唯一的令我心颤的人。

他，身高不足一米四，像他的产品一样，也是侏儒，看去已有五十来岁，头发短脏灰白。那张恐怖的脸布满了鸡皮疙瘩，比癞蛤蟆的皮还难看，枯燥不堪，胜过千年枯木。特别是那双患了严重白内障的眼睛，呆滞晦涩，毫无生气。我真怀疑，他虽立在我的眼前，但是否真的还活着？

他的手掌粗糙不堪，犹如千年古松的树皮。他穿着单薄，上半身只有一件又灰又脏的粗布衬衫，但我相信，初冬的寒针根本刺穿不了他那身粗厚麻木的皮肤！

我不由自主地伸开自己的手掌，欣赏起自己细嫩的皮肤、匀称的手指、光洁的掌背与掌面……我突然觉得自己的手是如此的美丽与健康，如此的充满活力与神气！

忽然，我很想哭。因为我发觉，面前的老农的那双手，很像14年前从建筑工地的脚手架上摔下而死的劳累了一辈子的舅舅的那双手；面前的老农的那张脸，好像就是养育了5个姑姑3个伯伯1个叔叔、把桌上的鸡屎当作豆酱吃掉的爷爷的那张脸；面前的老农的那双眼，不管怎么看，都像为筹子女上学费用日夜不停地纺麻线挣钱、却一直拒治眼病的老母亲的那双眼！

面前的侏儒老农，又去费力地拔他那侏儒的糖梗了。因为他不知道是谁拍了他的肩膀，也不知道有人叫过他。我终于肯定，眼前的老农是一名又聋又哑又瞎的人！

北风忽地卷起几张枯黄的糖叶，在我眼前艰难地翻动着，令我感到阵阵寒意。我退出农田，却忽地冒出一个可怕的念头，这个艰难活着的老农，会不会是我得意门生的家长？忽然，我恭恭敬敬地向老农鞠了三躬。这是我有生以来第一次真诚地向农民鞠躬，也是我有生以来第一次真诚地给脚下的土地鞠躬。

没走出三十步，我忽然清晰地听到后面有一个声音传来："喂，小伙子，你刚才是否叫过我？"

怎会有人说话？这老农不是又聋又哑又瞎吗？难道天底下真会突然

出现奇迹？心虽狐疑，但我还是坚信自己没听错。

回头一瞧，一轮火红的夕阳正被西山顶着，在满天的晚霞的背景上映着一个顶天立地的黑黑的人影，那片仍挺立着的糖梗在天幕中宛如一根根撑天的黑柱子——真似梦境一般，美极了。

面对突来的奇景，我不禁又深深地弯下了腰。

# 全民健身时代

话说当年兔大王与龟大王在公平山脚下赛跑。

由于兔大王骄傲自大藐视对手，在赛跑的途中睡了一个大觉，结果给世人留下一个千古笑柄。

回到兔王国，兔大王为了推卸自己的责任和保住自己的名誉和尊严，它竭力掩盖事实真相，只字不提途中睡觉之事，只是一个劲地赞叹“对方实力确实太强”。

兔将军闻言心里直纳闷：看那乌龟貌不惊人，四肢短小，平时行动总是“跟不上形势”的，怎会在赛跑时超乎寻常而爆冷门呢？为了解开它自己心中的疙瘩，兔将军决定向龟大王挑战。

龟大王收到挑战书时，全身直打哆嗦。它心里很明白，上次侥幸取胜，并非实力较量之必然结果。为了使自己的“天赐英名”不去“扫地”，龟大王称病不出。

龟将军不知天高地厚，以为“建功立业”的机会终于来了，遂替龟大王应战。

兔将军与龟将军赛跑那天，兔大王特意到阵前为兔将军饯行。

酒过三巡之后，兔大王举杯向兔将军祝愿：“祝爱卿赛场夺魁，为我们兔国扬眉吐气！”

兔将军感激涕零，大声发誓：“决不辜负大王之期望！”

赛跑途中，不知怎的，兔将军竟似失魂落魄一般。左冲右突，跌跌撞撞，连滚带爬……到达终点时竟只剩一口气了。在运回兔王国的路上，兔将军一命呜呼。

兔将军以身殉国后，一时间兔王国中再也无人敢去与乌龟赛跑了。兔大王还是做着它的兔大王。

时间过得很快。转眼就过去了十几年。忽一日，兔太子对父王说：

"儿臣已经跟龟太子赛跑过多次，每次都是我赢他。为什么当年父王会输？儿臣真不明白？"

兔大王叹了口气，说："乌龟本来就不是我们的对手，当年，父王输的原因是骄傲自大，在赛跑途中睡了个觉……"

"那，兔将军又怎么会输呢？"

"不瞒你说，那是父王为了保住自己的名誉和地位，在阵前给兔将军饯行时悄悄地在它的酒杯中下了毒的缘故……"

"真想不到父王你会如此卑鄙！"兔太子情绪有些激动。

"唉——，人在江湖身不由己啊。不如此，我还能保住王位吗？不如此，你还能当太子吗？父王已经老啦，这江山不久便是你的了。父王这样做还不都是为了你吗！"

"可，瞒得过初一，瞒不过十五呀！总有一天真相是要败露的啊！"

"唉——，这些年来，父王时时为这事而烦恼呢？我们要是保不住这个王位，就会成为罪人沦为阶下囚的。你有什么好计策的话，马上告诉父王……"

一日，龟国派遣一位特使到达兔国，说是来洽谈"转让祖传快跑秘方"事宜的。

很快，以兔太子任董事长兼总经理的"龟国益智健身药丸开发集团"正式开业。

在开业庆典宴会上，兔太子举杯一语双关地向兔大王说："有了龟国益智健身药丸，兔王国永葆繁荣昌盛就不成问题了！"

兔大王闻言，忽觉胸口隐隐作痛。含有慢性毒药的龟国益智健身药丸是否一定能够保住兔王室的繁荣和昌盛呢？为了保住王室的体面和权势竟要毁坏一个王国……

兔大王禁不住直打寒战。不知是喜是悲，兔大王一时多喝了几杯酒。是夜因心肌梗塞而驾崩。

第二天，兔太子便登上了大王的宝座。

新大王立下家训："决不给祖宗丢脸"。

从此，兔王国便正式进入了"全民益智健身时代"。

# 有支钢笔丢不了

记得11岁那年，上小学五年级的我还未能用上钢笔。

那时，全班没有钢笔的只有两个人了。另外那个就是我的同桌，绰号叫“小地主”的。他曾有过钢笔，是他自己弄丢了。

那年暑假，我拣了一大堆桃核，细心地将每个桃核敲碎，取出里面的核仁，晒干后两分钱一斤卖给一位土医生，换回了11个1分硬币，准备买钢笔。我坚信，我能靠自己的劳动买上一支钢笔。

11个硬币数来数去数了两天后只剩下10个，我心痛了许多天。后来，我到代销店里，费了许多口舌后用10个硬币换回一张1角的纸币。

我的同桌“小地主”家也并不富有。人家叫他“小地主”，原因是他常讨人嫌，令人厌。那天，与人追跑时，他一脚踩扁了班里“老童生”的一只乒乓球。

“老童生”3年内留过两级，个子高，资格老，爸爸又是大队（村）干部，班里谁都怕他。

尽管乒乓球只是5分钱一只，然而“小地主”却赔不起，结果一连三天挨“老童生”的耳光。

第四天，“老童生”对“小地主”说：“再不赔，一天打三顿！打了还要加倍赔！”

然而，一个星期过去，“小地主”还是没有赔还乒乓球。

我实在不忍心看下去，可又不敢为他撑腰。左思右想，翻来覆去，最终我作出了一个了不起的决定，用卖桃仁的1角钱买来两只乒乓球，替“小地主”还了债。

“小地主”对我很感激，我第一次看到他流下了眼泪。他对我说：“我会还钱的！”

一天夜里，朦胧的月光下，“小地主”塞给我一张钞票，说：“今天我家里的猪卖了，爸爸给了我1角钱。”

回到家里，独自躲在昏暗的煤油灯光下，面对纸币，我惊呆了。

我手里拿着的明明是1元钱！

1元钱，是我从未拥有过的天文数字。我反复回忆“小地主”还钱时的场面，心里一直在嘀咕：是“小地主”花了眼了么？“小地主”的爸爸也花了眼了么？

第二天，我怕见“小地主”，装肚子痛没去上学。

中午时分，“小地主”跑到家里来看我，问我为什么没有去上学。我见他丝毫没有取钱的意思，悬着的心渐渐放了下来。

一个月后，我用“小地主”还回的1元钱，买来了我平生第一支钢笔。

每当我用这支来历极不光彩的钢笔写字时，我总是深深地感到愧对“小地主”，尽管“小地主”一再声明我是他最最要好的朋友。

那年我20岁，大学毕业了。我平生第一次领到工资时，第一件事就是给修了8年地球的“小地主”汇去20元钱，同时给他寄去一封信，向他说明当年还我1元钱的事，并真诚地向他道歉，请求得到他的原谅。当我从邮局出来时，我似乎轻松了许多。

很快，我收到了“小地主”的回信和他寄回的20元钱。信中说，还我1元钱并不是他眼花，那钱也不是他爸给他的，而是他趁他爸换衣服的时候偷来的。为此，他还被他爸揍了一顿，并罚跪了一夜。他爸问他钱哪去了，他说是买饼吃了。信尾，他还是重申，我是他最最要好的唯一的朋友。

朋友，多么神圣而亲切的字眼！然而它又让我羞愧和不安。

30多年过去了，我买过许多支钢笔，也遗失了许多支钢笔，然而，一直没有遗失的是我的第一支钢笔。我将永远爱惜它，珍藏它！

# 老 许

老许又一次晕倒在讲台上了。

等他醒过来时，村长已经坐在他的床前了。他的仅有的6个学生也端端正正地排列在他的床前。他自从17岁开始在这个山区村小教书起，至今已有31个年头了，然而每届学生数从没超过10人的。一个学校也就他这么一位老师。整个学校的一切事务全由他一人承包的。

“许老师，你终于醒过来了……”村长含着泪花，紧紧握住老许的手。村长也是老许教出来的学生。

老许示意孩子们离去。“看来，我这次是真的不行了，可我不甘心哪……”

“你为家乡的教育事业呕心沥血，累成这样……”

“说句真心话，家乡……这穷山恶水的，我可从没真正爱过它呀。……我当初选择教书这条路，目的却是……为了能飞出这个山窝窝……”

老许平静地告诉村长，自己之所以一心扑在教育事业上，目的只有一个，那就是想凭借自己的“实力”冲出大山去。可是，人，一旦获得了许多“崇高”的荣誉后，申请调动到城里去的报告，就一直不敢交到上面去。老许又告诉村长，自己之所以至今没能结婚，并非“一心扑在教育上”，而是想飞出大山后再生儿育女，免得拖累下一代。老许还说，要不是这穷山恶水的，自己的病定能医治好的。老许最后一再强调说，他刚才说的这些话，千万别让别人（特别是孩子们）知道。

“我要是死了，尸体请给我送去城里火化，骨灰就安放在城里的殡仪馆里好了。”

村长说：“你要是‘走了’，我一定将你的坟墓安置在这所学校的国旗杆下，好让人们永远记住你……”

“不，不！……我活着不能进城，死后你就让我做个城里居民吧。算我求你了，你一定要答应我。”

村长终于默默地点了点头。

老许真的死了。

但村长最终却没能将老许运去城里火化。原因是去城里要翻过七座大山，很不方便，没有天大的理由怎能将一个尸体运去城里呢。当然，更重要的原因还是村长怕损害老许已经拥有的崇高形象而不愿将老许的遗言告诉村民。

“要是将许老师的遗言公之于众，他这一辈子不是白干了吗？人们听了许老师的真心话后，还会敬重许老师吗？还会看重许老师的遗嘱吗？”村长心想，“人来到世上还不是为了一个‘名’吗？”

老许的墓终于坐落在通往城里的路口边上。

每年的清明、冬至日，村长都去扫墓。

令村长惶惑的是：“许老师怎么从来不来托梦呢？”

# 高级教师

教师一年一度的评职称工作又要开始了，这不禁使我想起老虞去年评职称的事来。

去年，有关中学教师评职称的文件下来时，老虞又是第一个到校长办公室报名，说是要申报“高级教师”。

办公室主任吴阳笑着打趣说：“老虞啊老虞，你我是多年的同事，平时也还合得来，我就说几句直话了——我劝你，这职称不要去评了，这评审费800元省下来给我买烟抽好了。抽了你的烟，我会说你一个‘好’的。这钱你当评审费交了，肯定又是白扔，不会有人说你一个‘好’的！”

老虞苦笑着说：“这钱我自己也知道是白扔的，但留下它我也不会富多少，还是再去碰碰运气吧，万一碰着了，我这辈子也不白活了……”

“碰运气？评职称是碰运气的？老虞啊老虞……”吴阳叹了一口气后，用手中的钢笔敲了敲桌子说，“你有三个致命的弱点：一是教学实绩不佳，你教的班级学生平均成绩从来没有逃出过全县倒数一二三；二是你教学论文不行，公开发表的文章一篇也没有，校刊里发表的论文评高级职称是一点用处也没有的；三是你知名度没有，这是最关键的一点，也是最最重要的一点！你虽然教书教了30年，但从未开过县级教学观摩课，人家根本不知道我县数学界有你这个人……”

老虞被吴阳说得脸白一阵青一阵的，办公室内的七八个人都将目光聚集在老虞的脸上，我见了忙替老虞打圆场：“吴主任，你昨天在学生大会上不是说，人生的意义不在于结果而在于过程吗？你不是常对学生说，战无不胜是勇士，屡败屡战也是勇士吗？”

“大道理是讲给学生听的！”吴阳降了八度音后说，“大家都是同事，又都合得来，我也就熬不住要说几句真心话了。反正我就是个直性子，

有话闭不住。老虞，我虽话说得直了些，但还是为了你好的……”

老虞忙赔笑脸：“我知道，我知道，主任说的是实话，是要我好的。看看别人，教龄、工龄都比我短，也都评下来了，我也就耐不住了……”

“人比人，气死人！”吴阳说，“前天，我在汽车站碰到7年前毕业的学生，他说，我每个月的工资还不够他抽烟呢！”

老虞走后，吴阳对我们说，老虞这个人就是吃女人亏的。吴阳说这话，我们自然都听得懂。老虞原是市属重点高中的教师，因嫌妻貌丑而去勾引女学生，结果被“处分”而调到县属普通高中。然而，吃过一堑的他并没有吸取教训，而是旧性不改，在县属普通高中仍犯同样的错误，以致调到如今的偏僻山区学校里。古人说，泰山好移，本性难改。这话好像是对老虞说的。如今的老虞，老毛病仍没消。据人说，老虞职称没评下，不仅仅是业绩不好的缘故，更大的原因是他常勾引女学生，师德太差！

然而，去年的职评结果却十分让人震惊——老虞不但被评上高级教师，而且全市被评上“高级”的43位教师中仅他一人“全票通过”！据市职评委的一位姓孙的同志透露，老虞因连续11年申报“高级”而使每一位评委对他有深刻的记忆，原来老虞根本不是如吴阳说的那样，没有知名度，而是早已名扬天下。

投票前，一位姓李的评委面对老虞的档案笑道，8年抗战，日本鬼子就被打跑了，3年解放战争，老蒋就躲到台湾去了，可11年过去，老虞仍没赶跑……李某的几句话，说得55名评委唏嘘不已。

恻隐之心，人皆有之，但要让55名评委同时偏心于他，这恐怕是老虞创下的一大奇迹了。

“评职称，碰运气，看来也并非是梦想。幸好当初老虞没听我的话，否则我真对不住老虞哩！”如今提起评职称的事吴阳就这么对人讲。

# 女儿的答案

东伟生自费出了一本“百货式”文集《前吐下泻》，便以为是知名作家了。

这天，东伟生特地早早地吃了晚餐，拎着十余册样书和两盒礼品，踌躇满志地去市作协常务副主席张三先生家，要讨一张市作协会员申请表。不料，张三外出开会不在家。家里只有张三的孙子毛毛（念小学四年级），正愁眉苦脸地做不来家庭作业，见“写书的”常客东伟生进去，便似抓住一根“救命稻草”一样将其缠住。

“叔叔，叔叔，老虎要吃谁？你帮我想想……”

原来，毛毛的作业是：“有三个老同学上山游玩，其中一个是当官的，一个是办厂经商的，一个是教书的。因暴雨突至，三人遂躲进山洞。不料，洞内有一只饿虎……请问，如果老虎要吃一个人的话，老虎会吃谁？”看完题目，东伟生禁不住倒吸一口冷气，心里暗暗叫苦：这种怪题还是头一次见到，今天岂不是要在十岁毛孩面前丢脸？

在毛毛的穷追猛问下，东伟生来了个缓兵之计：“哪个先进去，哪个就会被吃！”

“那么，哪个会先进洞呢？”很快，毛毛就把皮球踢了回来。

“让我想想……最怕雨的会是谁呢？噢……对了，一定是那个当官的！”东伟生突然很兴奋，觉得自己解出了一个大难题。东伟生分析道，如今的当官人，全坐在办公室里办公，不但怕风怕雨，还怕冷怕热，不但办公室里要装空调，就连上下班途中坐的汽车也要装空调。如此娇生惯养之人，一旦在山上突遇暴风雨，怎会不抢先躲进山洞？

正在东伟生夸夸其谈之时，曾资助5万元给东伟生出书的同学李大打来手机。李大说，他正在饭店请市长吃饭，准备圈一块地搞厂房二期扩建工程，二儿子在家做作业，叫他过去辅导一下。对于李大，东伟生

可谓是爱恨交加。说“爱”，是因为李大曾多次资助过他，不但出资送他进北师大作家班“深造”，而且还出资圆其出书梦；说“恨”，是因为李大经常以“恩人”身份使唤他，不但随时要东伟生写各种“材料”，而且常常要东伟生给“二公子”做家教。虽然东伟生肚里憋着气，但他还是遵旨很快来到“二公子”身边。

真是怪了，“二公子”做不来的作业居然与毛毛的作业一模一样！不同的是“二公子”是五年级的学生。东伟生突然觉得他肚子里的气有地方发泄了。东伟生对“二公子”说：“老虎肯定把办厂经商的人吃掉！”

“二公子”睁着天真的亮润润的双眼问：“老虎怎么认识办厂经商的人?”

东伟生说：“现在的中国，发大财的人都是办厂经商的人。有了钱，既吃得好，又穿得好。吃得好，睡得好，身体棒……就是走路、说话的声音都比别人响——即成语里说的‘财大气粗’是也！你想想，进了山洞，声音弄出最大的，老虎会不格外关注？身体棒的，其肉的味道一定特别好，老虎怎肯轻易放过?”

从“二公子”家出来，东伟生心情格外舒畅，一路哼着小调回到了家。打开房门，尽管时间已是晚上十点一刻，然他的女儿仍在做作业。念初一的女儿见了他，忙嚷嚷作业做不来。

东伟生接过本子一看，差点傻了眼：怎么又是老虎吃谁的问题？学校、班级各不同，而问题却相同，这令东伟生大跌眼镜！东伟生忽然觉得，当前的教育实在是一道难题、怪题，令人不知所以。东伟生对女儿说：“老虎肯定吃掉老师！”其理是，老师既没有当官者处变不惊的胆略与才能，也没有经商者规避风险的灵巧与敏锐，手无缚鸡之力，眼无洞世之功，在残酷的现实争斗中，不遭淘汰才怪呢！

次日，东伟生问放学回家的女儿，昨晚作业的成绩如何？

女儿说：“今早把答案改了，若把老师吃掉，老师肯定不高兴！果然‘吃老师’的，都得零分！”

东伟生问女儿的答案是什么？

女儿神秘地一笑后说，老虎没吃人，最终被饿死！理由是，如今人满为患，老虎濒临灭绝！老师的评价是：及格！

# 决断

最后只剩吴阳与赵声两名处长人选了，可到底定谁好呢？李书记一直主意不定。

李书记是个“知天命”的人了，原来是这个局的局长兼党委书记。在机构改革、党政分工的浪潮中，终因他根基实，没能被“浪”卷走。尽管新任陈局长是李书记一手扶植培养起来的，然而李书记深感这些年来他说的话不像以前那样有分量了，找的人也少了。

在当今社会，权就是一切。李书记深懂此义。做书记的不捞权，在别人眼里不但没分量，而且别人会把你看成是“少能耐”、“没本事”的人。尽管陈局长早已过“而立”之年，然总感立不起来。他年轻气盛，很想干出一番事业来。然而令他恼怨的是，该做主的事却做不了主。在别人眼里，他不过只是个傀儡局长。他自己也深知道，有许多人不信任他，他虽曾要甩开膀子，挣脱束缚，自己闯出一条路来，然仔细一想，那样做不但要背“忘恩负义”之名，而且如书记当真与自己对阵，却难料鹿死谁手。自上任局长以来，他倒觉得以前做书记的“当差”时觉睡得安稳的多。他深感，改革之艰辛，阻力在上。吴阳与赵声是他提名的。为了“尊重”李书记，减少“隔阂”，陈局长请李书记“定夺”。

论才能，吴阳与赵声都能胜任。吴阳是李书记的同乡人，对工作负责、肯干，很得群众好评。但他脾气不太好，个性太强，嘴多，且有不知天高地厚之嫌。而赵声却与之相反，寡言少语，好思，踏实。虽然与李书记的个人关系不错，然而他却是陈局长的远房表弟。李书记对他总有些不放心。

这一天，王秘书送来了一张合影照。李书记高兴地伸直手臂，认真端详。免不得有人围住李书记共赏。这照片是王秘书照的。那天王秘书带来相机，说还剩一张彩照。因要照的人多，只好合影。那天，吴阳与

赵声刚好在场。有人说，从未与李书记合过影，于是七、八个人一齐哄住李书记。吴阳与赵声一左一右护住书记，留下这张珍贵照片。

此时，有人说："整张照片就吴阳照得好！"李书记一听，戴上老花眼镜，重新细细端详起来，果然，吴阳挺胸昂首，气宇不凡。比书记长得高，伸得直。再看那赵声，平平常常，没一处特别。虽然赵声的身高比书记高出二点五厘米，然照在相里，却跟书记差不多，似乎还稍矮一点。

"论相，吴阳是块做官的料！"有人打趣道。

"吴阳定有出头之日！"又有人附和道。

李书记笑眯眯地又一次细细地把照片端详了一番，笑笑，没语，然后把照片锁进抽屉里。

不久，部里文件到，赵声是新任处长。

# 金箍棒

孙悟空历经千难万险保护唐僧去西天取得真经。成了正果后，自度再也用不着金箍棒了，遂将它还给东海龙宫，竖回原处。

不知过了多少年后，孙悟空闲来无事，遂重游东海龙宫。当他来到十几围粗的镇海之宝——金箍棒面前时，不禁手痒起来，想再耍弄一回棒技。于是他念动咒语，叫道："小、小、小……"

叫了半天，金箍棒一点也没有变小，悟空心里焦急，暗忖：技不如先了？心一慌，再次念动咒语，慌乱中竟将"小、小、小……"念成了"大、大、大……"。

只见金箍棒随着"大、大、大……"声越变越大、越变越高。

试了多次，孙悟空乃知金箍棒只能变大不能变小了。悟空乃问龙王："一根铁物，为何也只爱听大话了？"

龙王笑道："神物有灵性，它爱听大话想必与大气候有关联……"

悟空搔了搔后脑勺，说道："老孙要是晚出世，岂不是难成正果？"

龙王说道："大圣多虑了，如今根本用不着金箍棒了，只需学会说大话便能成正果的！"

# 忏 悔

谁能料到，我十一岁时写的一篇日记竟能影响我的一生。

事情是这样的。那年，我从父亲的上衣口袋里偷走了十元钱。这十元钱是我父亲从别人那里借来给母亲看眼病的。而母亲为了省点钱偏偏不领父亲的情，没有去看医生。钱被我渐渐地花光了以后，母亲的眼病便渐渐地越来越严重了。后来，母亲的一只眼睛便永远看不见东西了。

每当听到父亲咬牙切齿地大骂偷钱贼时，每当母亲流着眼泪自叹命苦时，我的心就禁不住战栗。想不到的是，我的诚惶诚恐竟被大人们褒奖为："小小年纪竟如此懂事！"为此，我更增添了负罪感。

那天，我终于再也压抑不住自己良心的冲动，流着眼泪将偷钱的事写在老师布置的"日记"里。我想，被老师训一顿，让母亲咒一宵，挨父亲一顿打，或许能减轻一点自己的罪过。"日记"交上去后，我便硬着头皮铁了心，等待得到应有的惩罚。

可令我万万没有想到的是，老师不但没有狠狠地训斥我，还夸我是个"勇于承认错误的好学生"。老师还一趟一趟地到我家里来，很得体地将我偷钱的事诉说给我的父母亲听。并一再诱导、劝说我的父母亲，说我是个懂事的"好孩子"。

最后，母亲竟然真的眯着那只什么也看不见的眼睛说我是个"好孩子"，并说："有你这么一个好孩子，即使两只眼睛都看不见了，做娘的也心甘情愿！"

此事对我震动实在太大了。我始终弄不明白，我没有将做错事的事实真相说出来以前，老师、母亲没有说我是"好学生"、"好孩子"，而当他们都知道我确实做了错事以后，反而说我是"好学生"，"好孩子"了呢？我困惑不解。

二十四岁那年，我与妻子结婚了。婚后不久，我便渐渐地发觉："外面的世界更精彩。”那天，我终于和一位很性感的女人好上了。几度恩爱以后，我又渐渐地发觉：“女人尽管包装、商标各异，但本质是一样的！”于是我便渐渐地感到我愧对妻子。特别是我实实在在地感到自己的妻子确实是一位中国祖传式的贤惠善良的好妻子时，少时的那种偷钱负罪感便悠悠地袭上我的心头。那日，我终于真诚地跪倒在妻子的脚下，真诚地向妻子忏悔……

妻子泪流满面，娇滴滴地哭诉：“我早已知道你有外遇了，但为了孩子，为了这个家，为了……”

妻子最后竟柔情万般地搂着我的脖子说：“你是一个好丈夫！”

天哪！我是好丈夫？我一下子懵懂了。我明明有负于妻子，怎么忽地却成为“好丈夫”了呢？联想到少时的偷钱，我忽然领悟到：要成为一个好人，关键并不在于做出多少好事来，而在于会犯错误和犯错误以后的忏悔！

我惊喜地得出一个定理：好人＝犯错＋忏悔。于是，我似乎明白了自己为何一连四年主持科室的工作却仍只是一个副职的原因了。于是我毫不犹豫地挣脱开妻子的束缚，半夜三更敲开主任的家门。我超常举动惊起主任全家的人。我声泪俱下地在睡眼惺忪的主任一家人的面前忏悔自己的罪过：“我不该与李某某、张某某等人一道，背地里常说主任的坏话；我不该因一连四年主持科室工作而仍是副职而常常对主任的指示阳奉阴违……我不该时至今日才认识到自己的错误……”

尽管那夜主任对我的忏悔是显出无动于衷的样子，但我坚信：我那天的“半夜敲门”功决不会白劳。此后，我又经常地利用一切机会在主任面前一再地忏悔自己的罪过。诚如所料，三个月后，我梦寐以求已四年的“正”字终于稳稳地降落到我的头上了，并欣喜地获悉主任在我的背后夸我是个德才兼备的“好干部”。

前个月，机关干部统一体检。查出主任患了肝硬化。据说主任他自己已向局里呈交了一份要求辞职养病的报告。我获悉后，这些天老是在琢磨：我该到局长面前去忏悔点什么？

# 新闻时代

黄克庭是写微型小说的。虽然在微型小说领域有点名气，但他总觉得自己的想象力远没有真实社会这般丰富精彩、光怪陆离与耐人寻味！黄克庭的这一感悟来自于两个月前他伯伯家的一场家庭纠纷。

这场纠纷被搬上了县电视台的新闻广角里！从电视上黄克庭看到，满头华发满脸沧桑的伯伯凄惨地站在北风劲吹的家门口，抖抖索索的嘴角断断续续地吐露着他的遭遇——今年 79 岁的他，被小儿子赶出了家。他的面前零乱地堆放着棉被木箱小桌餐具衣服等一系列日常生活用品——这些东西全是不孝的小儿子强行“扔”出来的！

伯伯有五个儿子，大儿子因长期生病而未老先衰，比父亲还虚弱；二儿子做了别人的上门女婿，虽开着家庭工厂有自驾小车，却很少回老家去看看；三儿子、四儿子都下海经商，年收入不会少于 10 万元，日子过得滋润；小儿子虽一直在农村，但由于承包了 300 亩山地开发食用笋，日子也红火。25 年前分家时约定，伯伯、伯母挂靠到小儿子家，前 4 个儿子每人每年出 80 元，作为父母的生活费付给小儿子。3 年前，伯母去世。由于小媳妇嫌伯伯脏，伯伯只得另起炉灶自己一个人过日子。前 4 个儿子见伯伯已经独居，就把生活费直接给了伯伯，不再把钱付给小儿子。这下，小儿子觉得亏了：伯伯住着他家的房子，却没有人付钱给他！这房租费岂不是白白丢了？前些年，无外来人口，房子没人来租用，小儿子没往这方面去想。如今，外来人口大幅增加，去年已超出本地人口，房子增值很快，房租费也如雨后的春笋般快速拉升——20 平方米的住房五年前年租金不足 80 元，如今年租金必在 1500 元以上。小儿子把“房租费问题”多次提交给四位哥哥，却没人理睬，结果当然惹恼了小儿子！于是，伯伯就被“扫地出门”了！

面对电视台记者的采访，小儿子先用左手理了理额前的头发，然后

抓过记者手中的话筒，振振有词地说："爸爸生养了五个儿子，每个儿子都有赡养的义务！分家后，爸爸在我家住了25年，以前从没闹过矛盾，能说我不懂孝道吗？如今，已是法治社会，不是封建社会了，有理就可以讨个说法！我要强调的是，我的哥哥们，也应该尽尽孝了！"

真是天方夜谭！要不是真凭实据，要不是同宗同祖，黄克庭是无论如何也想不到世上会出现这种"拍案惊奇"的故事的！

前天，黄克庭特意从小县城回到乡下老家，去了解伯伯的最新境况。在村口，许多乡人围住黄克庭，忙着道喜：你们黄家真是出尽风头了！全村302人，上过电视的就只有你们黄家！（全村只有7户姓黄）你们黄家真是有本事啊，既得名又得利！说得黄克庭脸上红一阵黄一阵白一阵的！

原来，电视播出后，乡干部就进村调解，伯伯的小儿子不肯让步。无奈，村干部只得将闲弃着的村仓库整理一下让伯伯住进去。结果，当然惹红了许多人的眼睛——因为仓库的面积比伯伯原先的住房大了两倍多！

娘风尘仆仆地赶来，终于把黄克庭从人堆里"解救"出来。到僻静处，娘狠狠地擤了一把鼻涕后，气愤地说："脸皮都不要了！伯伯住进仓库后开心得不得了！走起路来整个身子都摇摇摆摆了！黑块（伯伯小儿子的乳名）上了电视后，天天来问，你几时会回来？他要跟你比名气哩！你写小说出了名，可只上过县里的电视，黑块将爷赶出了家，县里市里省里的电视都放了！黑块比你更出名哩！"

黄克庭禁不住笑了："哪有这样比名声的？谁要跟他比名声了？"

"黑块要跟你比！你今天回来干吗？家里不要去了，就回去吧，省得撞见黑块！"

娘正跟黄克庭说着话，忽然，背后传来了中气十足的黑块声音："蓝点（黄克庭的乳名），几时回来的？夜饭到我家吃好了！我有话跟你说！"

黄克庭闻声一怔，"蓝点"这乳名自从其考上大学后（至今已25年了）从没人再叫过，以前一直叫他"五哥"（两人出生时间只差23天）的"黑块"怎么会这样叫他呢？

回头一看，黑块正两手叉腰挺着肚子盯着黄克庭频频点着头——发笑。

作为以虚构与夸张为职业的黄克庭又惊呆了——现实社会，真是精彩得难以想象啊！

# 满 足

“叮咚，叮咚，叮咚……”

凌晨4时左右，刘局长正欲进入梦乡，不料门铃声却响个不停。

刘局长哈欠连连地打开房门，满脸堆笑、圆脸圆眼的同学罗起生闪了进来。罗起生冲着刘局长喊叫：“怎么今天你还想睡觉？这么难得的机会不闹个通宵？大学毕业20周年的聚会难道就这样独自关门睡觉？”

刘局长忙从茶几上抓起一包烟，递给罗起生，笑道：“世事如梦，人生苦短，20年就这样一眨眼工夫过去了！我今天开完会才赶来，虽然迟到了13个小时，可毕竟大家都见着了。难得啊，全班43名同学都来了，一个不少，20年了，真是高兴呀！”

“既然高兴，何不认真聊聊？亚妹还在舞厅里眼巴巴地盼着你呢！”

“哎——”刘局长狠狠地吸了一口烟，叹了一口气，“明天还有一个会等着我，算算时间，也只有4个小时了……本想闭一会儿眼，又给你搅了。我想，你总不希望你的大学同桌疲劳驾车回去，路上出意外吧？”

想想刘局长从200公里以外的B城匆匆赶来聚会，而且马上又要回去，罗起生也有些感动。罗起生说道：“真是无官一身轻哪，像我，多自由呀！只要我自己同意，要来就来，要走就走，谁也别想阻挡我。”

“你下海下得早，明智！我真是越来越佩服你了。”刘局长摁灭烟蒂，笑道：“老同学了，有事尽管说，今天你来敲门，不会没事问我吧？”

罗起生嘻嘻一笑，说道：“开门见山，说明白了我就走，不耽误你休息。今天，张三说的发财经，我信！李四说的包二奶秘诀，我信！王五说的替同学搞‘政变’的事，我也信！可是，你说的升官记，我无论如何装不进肚子里！你说，你一无背景二未行贿，仅凭考试成绩，就正儿八经地从‘公开招聘’的大门进去，坐上了局长的宝座，竟然将有市委副书记作后盾的同班同学蒋有山刷了，其中的玄机，我倒是很感兴趣！”

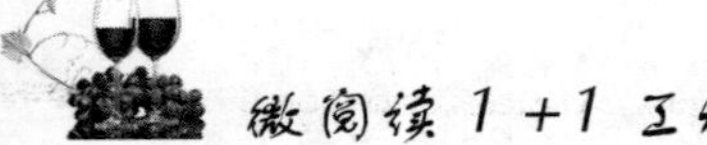


“我的事，与你盐无份、油无份，深夜敲门，总不至于为这件事吧?”

罗起生斩钉截铁地说：“就这事！我摸爬滚打了十七年，走后门送礼送了十七年，从没碰到一桩退礼的。送了不少，当然得到的更多，不瞒你说，现在本人家财至少有五百万。钱，对我来说，已失去了诱惑力。我不会为了钱而去麻烦任何一个同学的。但我希望，我的同学20年后仍能说真话!”

刘局长在确信罗起生的话语后，一本正经地告诉罗起生，8年前，他确实是在“一无背景，二未行贿”的情况下入主局长宝座的。事后才知，参加角逐的6名候选人，其中5名都具有“市委常委及以上领导”的靠山，就他“一清二白”，可结果，偏偏是他中了榜……

罗起生忽地一拍大腿，说道：“对了！对了！我明白了！鹬蚌相争，渔人得利。有靠山的太多，摆不平，于是，没靠山的反而得利！真是人算不如天算，老天有眼呢!”

没等刘局长相送，罗起生犹如当年攻克一道奥林匹克竞赛试题一样，已经一脸满足地走出了房间。

“……百分之百的真话，你就是不信，半真半假的话，你倒深信不疑……哎，我的善解难题的老同学啊……”望着远去的罗起生的背影，刘局长一脸无奈地摇了摇头。

# 离别龙钟城

不知从何时起，书法界流传出“未入龙钟城，难算学书人”这句话，意思是说，要想自己的书法在世上有所声誉，就必须到龙钟城举办书法展销会。否则，不管你的书法造诣有多深，世人都不会认可。为此，众合市的占山市长很想圆一圆“入主”龙钟城的梦想。

其实，占山市长的书法确实已非同一般。他 6 岁开始学书；36 岁时凭真功夫荣获全国书法比赛青年组第一名；46 岁当上局长后，其书法作品开始走红；53 岁上任市长后，其书法作品不但价格一路攀升，而且一直供不应求。然而，令占市长一直耿耿于怀的是他从未到龙钟城举办过书法展销会。这从某种意义上说，占市长的书法虽然走俏，但还未“入流”，还不够上档次。

今年国庆节放长假期间，59 岁的占市长终于办好一切手续，踌躇满志地进入富丽堂皇的龙钟城举办书法展销会。他想，在卸任前了却夙愿，可谓死而无憾了。

开展那天，占市长情绪非常激动，一大早就来到令书法家魂牵梦绕的书法圣地展销大厅等候“热烈、隆重、壮观”的抢购场景出现，因为占市长知道，这次 108 名参展者中数他官职最大、朋友最多。

然而，世事难料，龙钟城毕竟不是占市长所管辖的众合市。令占市长万万想不到的是，那“热烈、隆重、壮观”的场景，竟不属于他，而属于与他只隔 8 个展位的华阴先生！令人惊讶的是，除华阴先生的展位外，其余 107 个展位皆“门可罗雀”！

占市长在好奇心的驱使下，终于撤出自己的“阵地”，穿过里九重外九重的人墙，满头大汗地挤到了华阴先生的面前——

“……爷爷是个小乖乖，小乖乖就该听孙女的话，‘文’字下面还要添上一撇一竖才能变成‘齐’，我闭上眼睛数一二三，你马上添上一撇一

竖，写好后一定给你买‘小妞儿’吃……”一名鹤发童颜的富态老婆婆像哄四五岁的幼儿一样跟华阴先生说话。满脸长着老年斑，皮肤像蛤蟆皮，深陷的眼眶内一双浑浊的眼睛不住地眨巴着的华阴先生神情木然地坐着。

“让爷爷歇息吧，他今天已经写了12幅字了，超标了，再折腾下去，爷爷明天恐怕不会再写字了。”站在华阴先生身后的瘦长老头说道。

“不行！这一撇一竖不加上去这幅字就没法卖，岂能功亏一篑……爷爷是个小乖乖，小乖乖就会听孙女的话……”

占市长终于发现，华阴先生不但智力只有四五岁幼儿的水平，而且其字也只有四五岁人的水平。华阴先生之所以“独霸”龙钟城，并不在于他的书法技艺，而在于他的年龄——原来华阴先生是一位世上年龄最大的寿星，今年他已经168岁。他的书法（如果称得上书法的话）作品千篇一律，任何时候都只写四个字：向我看齐！然后再加印一枚“风流人物华阴先生亲书”印章。

离别龙钟城，占市长也高价买回一幅“向我看齐”作品。他想，自己倾毕生精力练书法真是太“书生意气”了。他觉得，上了一回龙钟城，明白了一个大道理。从此以后，他把所有的精力都用在了健身上。

# 干菜怎样算炒熟了

爷爷99岁那年，尽管耳朵早已聋了，手脚也不灵便了，但还没有哑。

做寿那天，儿孙辈共46人全部到齐。泱泱大家，应约相聚，无人闹别扭，无人摆架子，无人耍花招，却还是头一遭。虽然三叔是以“病假”名义回家，四姑丈、五表哥是“出差”路过而到家的。在这物质日益丰富，要吃有吃，要穿有穿，要花有花，要命却不一定有命，想活却不一定能活的今天，大约都是想讨个吉利沾点长寿之光才如期而来的罢。

爷爷很高兴，见到人总要抓住说几句。可是我们谁都不愿跟爷爷说话。原因很简单，爷爷除了长寿之外，就没有一样东西能引起我们的兴趣。

“耳朵聋起来，还不甘寂寞!”不管是在爷爷面前还是在爷爷背后，我们都这样说爷爷。

反正爷爷听不见我们讲些什么。如今这年月，连我们年纪轻轻的人都需“换脑筋”后才赶得上形势，爷爷那鹅卵石般的脑袋能孵出我们感兴趣的东西吗?如今这年月，同床共枕的夫妻都不一定有共同语言，何况与上世纪的遗民对话。然而，爷爷却很顽固，只要能被他抓住的人，他总要说个不停。于是，我们都有些怕，生怕被爷爷缠住。尽管我们都是来为爷爷做寿的，尽管我们谁都没有少讲话。

其实，爷爷讲的话很简单，那就是：“干菜怎样算炒熟了?”不管抓住谁，爷爷总是反反复复地说这一句话。我们谁也没有回答。在爷爷面前，谁都只会笑嘻嘻地一个劲地点头。自从爷爷耳朵聋了以后，我们在听爷爷讲话时都学会了一个劲地点头，不管爷爷在说啥。爷爷问得累了，一不小心被抓住的人就会溜走。于是我们都说：“爷爷老昏了，看来快了!”

吃了一个世纪的干菜，居然连干菜怎样算炒熟了也不知道，这不是白活了吗？活这么长寿又有什么意义？早该死了。

爷爷做完寿第五天便悄悄去世了。于是，那些在爷爷做寿那天讲过“爷爷老昏了，爷爷快了！”的话的人便如发现新大陆的哥伦布，有如中了2000万元大奖的穷光蛋般兴奋。爷爷去世了，谁也没有为爷爷流过眼泪。每每爷爷的儿孙们聚在一起，想起爷爷，总免不了戏言“干菜怎样算炒熟了”。看那眉飞色舞的表情，似乎只有爷爷才不解这世上最简单的问题。

不幸的是，爷爷的基因在我身上保留得最多，退化得最少，进化得最慢。爷爷去世十年了，“干菜怎样算炒熟了？”我却始终没有搞清楚。我也不敢对人发问，生怕别人也说我：“老昏了，快了！”尽管我像初八、初九的月亮，还没有蓄满一身血肉。

此后，每每见到母亲、妻子在炒干菜，我便躲在一旁全神贯注地观察，总想弄清楚爷爷留下的问题。然而，我却一直没有得出能说服我自己的答案。我真担心，会不会像爷爷一样，到死也不知道干菜怎样才算炒熟了呢？难道我也要等到耳朵聋了，听不到别人说三道四时再去问人家：“干菜怎样才算炒熟了”吗？

爷爷留下的问题，实在太折磨人了。

# 高兴比高明高新更好

一生充满悲喜剧的贾好信突然死了，整个 PP 城几乎沸腾了。谁会想到，PP 城的首富，要风有风、要雨得雨的贾好信，为了知道自己能再超生几个儿子，竟然被一算命先生哄骗得从自家的别墅山庄里跳楼而亡？

“人有横财，就有横祸！你是寿越长则财越多，只是财多伤子，寿长绝孙！”江湖术士的信口开河之言为何成了贾好信的催命符？于是，有关贾好信的故事再度席卷 PP 城的大街小巷。

贾好信的出名是在 20 年前的牢狱之灾之后。原本是 PP 城的一介布衣的贾好信，在改革开放的初期，创办了一家皮包公司，公司取名为“恒富”。不到三年时间，其公司的资产就位居 PP 城的第十八名。

由于多人举报贾好信“大肆贿赂官员，走私紧俏物品，分包转包多个工程”，上级公安机关将其抓捕。没想到，贾好信在牢中顶住了多种考验，只字不招。一年后，贾好信被“无罪释放”！于是，因祸得福，贾好信的名声一下子就“红遍”了 PP 城，主动上门与其“合作”的政府官员是不断增多。不到五年时间，贾好信的资产就稳居 PP 城“第一位”。

谁也想不到，暴富以后的贾好信居然忽地“改换门庭”，弃商办学去了。于是，PP 城有了第一家高标准民办学校。校名是“贾好信人才开发中心”，广告词是“给我一份信任，掏你百万大洋，送来一个孩子，还你一个人才”。据说，贾好信还真有一套本领，他办的学校可谓是“芝麻开花节节高”。另据内部人士透露，“贾好信人才开发中心”录取的学生大多是“公费委培生”。

老天爷真够幽默的。贾好信虽然为别人培养了大量超级人才，没想到自己生下的三个孩子却“一个不如一个”——长子“高新”，各种能力“平平”，是在贾好信发迹前所生，智商在普通百姓之下；次子“高明”，是在贾好信牢狱之灾以后所生，虽名为“高明”，但读书期间各科成绩总

是稳居同年级倒数第一；三子“高兴”，是在贾好信资产位居PP城第一名那年所生，此小子好像有意跟老子过不去，连读三年小学一年级后，一百以内的加减正确率从没达到百分之六十，甚至连最基本的日常用语都“口齿不清”。

有人说，这是报应！因为贾好信赚取了太多的不义之财，因为贾好信用来历不明的钱财为自己铺平了“超生”的道路……真是老天有眼哪！

近五年时间，PP城的人再也没有见过“高明”与“高兴”。有人说，这两个小子被老子扔了，也有人说，这两个小子早被贾好信送到国外开发智力去了。

贾好信火化那天，人们惊异地发现了两个不速之客：一是近三年来走红中国各大文艺晚会的洋仔“马枪”。这“马枪”可真不简单，虽然高眉骨、高鼻梁、蓝眼珠、蓝皮肤、蓝头发，却能说一口漂亮的汉语普通话，而且十分了解中国的民风民俗民情，成了一个备受中国少年追捧的电视明星。二是去年闪亮登场，因为能算简单数学题、并能说一些简单人语而震惊世界的黑猩猩“马扁”。这“马扁”虽然智力不足四五岁普通人的智力，但由于是人类首次发现黑猩猩的“近人特性”，因此，“马扁”很快成了家喻户晓的活宝。据说，“马扁”是“马枪”训练出来的。“马枪”因到处搞演出和拍电视广告赚了中国人许多钱，而“马扁”赚进来的钱却更多，因为“马扁”走向了世界，仅一年时间，赚来的钱就超过了“马枪”的所有收入。

贾好信被火化后的第99天，世界最大新闻机构“PNMSL”发布消息：经DNA检测，“马枪”与“马扁”都是贾好信的亲生儿子，“马枪”就是失踪的“高明”，“马扁”就是失踪的“高兴”。“高明”经“贾好信人才开发中心”的易容院整容后变成了“马枪”；“高兴”经过三年时间的整容和连续33个月的“黑猩猩兽化素”注射后，就变成了“马扁”。谁能预料，贾好信的儿子是越傻越能挣钱？至此，人们才确认，“马枪”与“马扁”也是“贾好信人才开发中心”“培养”出来的特殊人才。

世界最大新闻机构“PNMSL”发布的这个比第一颗原子弹爆炸更震撼人心的消息，最后是用贾好信的一句名言作结尾的。这句话是——“世界很精彩也很无奈，人越傻越走运！”

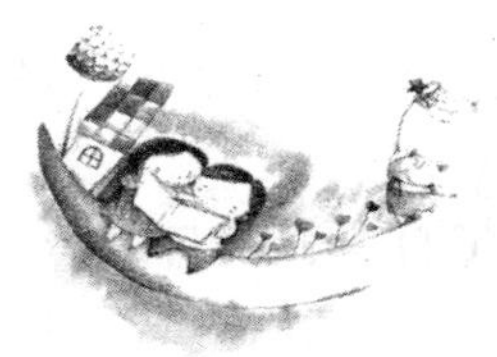

# 想给孙子发奖金

伯伯去世已整整100天了。在这100天里，伯伯的音容老是在我的脑海里晃荡着……看来，我如果不给伯伯留下点什么的话，或许我这辈子就无法安宁。

见到伯伯的最后一面是在2003年11月30日。那天，我正在办公室整理“农村两委换届选举的新鲜事”的采访稿，没料到，连续五天的大雪与严寒虽然冻住了从城里通往乡下的所有公共汽车的轮子，却没封住79岁的伯伯的那双在朝鲜战场上失去一半功能的泥腿子！满脸沧桑、脑壳上没留一根头发、下巴上却拖着一撮山羊胡子的伯伯，坐在我的椅子上足足调了五分钟的气息后才开口骂人。伯伯骂人时，脑门上的青筋犹如黑夜的闪电般令人心悸。

伯伯这一次是专门来骂人的。伯伯骂他自己的孙子黄八和儿子黄毛。在村党支部换届选举时，黄八把选票卖给了伯伯的世敌——伪保长朱甲的孙子朱黑，以致朱黑当上了村党支部书记。伯伯说，村里共25名党员，分成两派，东派是13人，西派是12人。东派，原来是以伯伯为核心的，伯伯年老退位后，就由伯伯的接班人吴年做掌门。西派，全由“致富能人”组成，是近年来根据形势需要和上级指示而发展起来的新党员，以朱黑为核心人物。这次换届选举，朱黑花了17万元买走了黄八的影响全局的关键一票，气得东派人个个骂伯伯!

朱黑——伪保长的孙子当上了书记，伯伯无法接受，说：“这不是让美国佬的预言——颠覆中国革命的希望在中国的第三代至第五代上——成为铁打的事实了吗?”伯伯下令儿子黄毛向上级党委告发朱黑花巨资购买选票的事。没想到，黄毛向上级告发的却是其父早年培养的接班人吴年。在这次换届选举中，吴年因黄八的“叛变”而失去了书记的宝座后，也用朱黑的招数——用200元一张的价格向村民购买选票，竞选村长。

黄毛起先嫌吴年出价太低而不卖，后得知吴年已买下626张选票（已过半数，全村共有选票1249张），便厚着脸皮亲自上门销票。不料，吴年却说："你家的票比黄金更珍贵，你儿子一张票就卖了17万，这么金贵的票我可承受不起！"恼羞成怒的黄毛，便联络部分"票卖不出去"的人向各级新闻媒体和政府机关告发。

伯伯骂过儿子、孙子后，又狠狠地骂了自己，说自己怎么会养出这等儿子、孙子来？要是早知如此，还不如抗美援朝时在朝鲜"光荣"了呢！

终于，等到伯伯骂累了。我说，天寒地冻，您老人家总不至于一步一拐地走了近20里冰雪路，就是为了来骂儿子、孙子的吧？

伯伯忽地眼中显露出悲伤的神色，告诉我：他已与不孝子孙"划清界限"，不往来了！无论如何，请我想想办法，一方面，要我发挥舆论监督的威力，另一方面要我去动员黄八，让黄八交出卖票款，并向上级告发朱黑贿选的事，决不能让朱黑篡了权！这事，不能拖，要越快越好！否则，等朱黑屁股坐稳了再去动他就没希望了！说罢，伯伯从胸口处掏出一叠温暖的钞票，说是平生所有的积蓄，共三万七千四百多元，让我与黄八平分，作为检举朱黑的奖金。

那天，我没能留住独居祖传百年老屋十多年的伯伯在城里过夜，他坚持要拄着双拐、踩着冰雪走路回去，因为伯伯牵挂着对他忠心耿耿的那条仅8斤重的小狗。不论生人熟人，只要有人上门，此狗总要高声吠叫，以引起主人的注意。

据说，在村两委换届的那段时间里，到平时很少有人光顾的伯伯家拉选票的人是一拨接着一拨，前人刚刚走掉，后人马上又来！拜访他的，一天就有几十多个，一位刚走，另一位就上，跟"接龙"差不多。这时，那只狗就辛苦了，一位来了，就叫个十来分钟，刚有点熟，想摇尾巴的时候，另一位陌生的又来了，所以就叫个不停，直到晚上的后半夜才能休息……就这样，持续了七八天。终于，主人发现这只狗的叫声越来越无力，整天都喜欢趴在地上，从前那贪玩的劲头消失得无影无踪，就感到不大对劲，便请来了兽医。兽医一看就知道是怎么一回事，赶紧拿出吊针给狗挂上，还一边说："再过半天狗就要断气了，幸好发现得早。"

没想到，伯伯在回村的路上滑跌了一跤后就再也没有起来过，听人说，伯伯可能是脑溢血而亡的，由于冰冻的路上无法通汽车，伯伯失去

了宝贵的抢救时间。

伯伯火化那天，我把伯伯的遗言和那笔“奖金”全部悄悄地给了黄八。3 个多月过去了，我仍没见黄八有什么举动。我很担心，在天的那一边的伯伯是否会怀疑我贪污了他给孙子的奖金？

# 等下任村长

1994年的一天。吃好晚饭，王福来的父亲躺在门前的槐树下的摇椅上歇息。看见背着吉他，跨出家门的儿子，吐了口烟后叫道：“福来，过来。”

“啥事？爸。”

“你爸，这两年当了村长，为村里铺了水泥通道，造了水塔，家家户户都用上了自来水。你，进大学念了两年书，学会了些什么？”

“水泥通道、水塔、自来水，这些又不是你做的。”

“什么？你说什么？这些不是我做的，难道是你做的？”躺着的他不知何时起已坐了起来。

“爸，我是说，这是历史发展的必然现象，这叫形势。人类总是不断进步的嘛。”

“混账！我还从来没听说过你这种混账话！什么叫必然？什么叫形势？为什么东村你姑姑家至今还没点上电灯？为什么南村你外婆家至今还是没有自来水？”坐着的他不知何时起已站了起来。

“好了，好了，爸，我不跟你争。你当村长这两年来，我们村子麻将多了多少？赌博的人多了多少？制造冒牌伪劣产品的家庭工厂多了多少？这些都是你的功劳吗？”

“胡说！搓麻将哪个村子不成风？赌博的人难道只有我们村子才有？电视上不是说，国有企业都制造冒牌伪劣产品吗?！难道这些都是我的缘故？”

“不是，爸，你别发火，我是说，这就叫做形势！”

“噢，你这小子，这两年就学这些油腔滑调的东西？这些也算‘本事’？”

“爸，人不能只把好事记在自己的功劳簿上，坏事就记在人家的簿子

上。书上说，历史是人民创造的，当然你也是人民中的一员。”

“放屁！学这些油腔滑调顶用吗？能填饱肚子吗？人家县委书记为啥表扬我？为啥给我发奖金发奖状？你没看见，如今政府正在重奖有功人员吗？我说，福来，你这小子，别读书读糊涂了！不要学这油腔滑调的东西，要学点真本事！”

“爸，不跟你争了，秀才遇到兵，有理说不清。不过，有其父必有其子，你别小看了你儿子，我也不是泥捏的。我这大学也不是白读的，我早就想好了，为村子办点实事。”

“你说什么？再说一遍……”

“我为村里装个水塔水位自动控制器，不要人开，也不要人关，保证随时有水用。”

“你能行？”

“当然，五天内保证做好，否则我就不是你儿子！”

“费钱吗？”

“最多两百元！”

“好！哈哈哈……没有白养你。”

夜深了。福来他爸见儿子还在房子里独自一人在画水位自动控制器的图纸，几欲推门进去总又忍下。最后，还是推门进去了，拍拍儿子的肩膀说：“歇吧，自动控制器咱不装了。”

“啥？爸，你说啥来着？”

“本来这开、关自来水的事是照顾给你那缺条胳膊的叔叔的，每月工钱二百元。你叔叔听说要装自动控制器后就跟我哭着来了。装了自动控制器后叫他到哪领工钱去？”

“那，这自动水位控制器就不装了？”

“不装了，要装也要等到你爸下台时……”

“等下任村长？”

“……”

# 鼠害

方教授将一顶编号为“G5AN”的帽子戴在一只病得奄奄一息的老黄鼠M的头上，顿时，激动人心的场面出现了：只见实验室里1205只黄鼠中的989只像得到命令一般，立刻朝M聚集过来，排成队，先是逐个给M磕头，然后分开忙碌——有的寸步不离地守候着，有的忙着去找治病的黄鼠大夫，有的忙着找高档滋补品，有的忙着找美味佳肴，有的忙着找进贡的“小蜜”，有的……

遗憾的是，众黄鼠因老黄鼠M病入膏肓而无力回天，经一番折腾后M还是咽气归西了。尽管M尸体已寒，那些忙了一阵子的黄鼠们仍悲悲切切地聚在M身边不肯离去。

方教授将“G5AN”帽子从M头上摘下，霎时，那些原本有些恍惚的黄鼠们像死囚犯接到大赦令，立刻欢快地四散而去。

“我成功了！我成功了！”方教授攥紧拳头，举起双臂，高呼道，“我终于成功了！”

方教授待怦怦的心跳稍微缓和了一些以后，将“G5AN”帽子戴在一只刚出生不久的小黄鼠D上。结果是，原先那种不可思议的场面又神奇地出现了。

“这真是太神奇了，太……神……奇……了！”在边上一直做冷眼旁观状的方教授的18岁的儿子兴奋地说，“亲爱的爸爸，这种帽子给我也做一顶，让我们方家子子孙孙都风光下去！”

方教授闻言，竟木呆了，半晌后才说：“我们人类可戴的帽子还少吗？我倾毕生之精力发明鼠辈们戴的帽子，目的是让人从中悟出一个道理，崇拜帽子是多么地荒唐可笑。”

二十年后，方教授的儿子发明了一种系在黄鼠腰间的牌号为“1IAN”的袋子。这种袋子能使拥有者趾高气扬，没有者见之会不由自主地缩胸

弓背弯腰，连那些戴着“G5AN”帽子的黄鼠也难免其害。

方家父子的两大发明成果投入市场后，人类的生活被改变了。业余时间，人们总是躲在家里玩老鼠，一会儿给这个老鼠戴帽，一会儿给那个老鼠系袋……

老鼠的智力实在让人称奇。起先，老鼠们只是盲目地崇拜帽子和袋子，围着那两件东西团团转。后来，老鼠们为了那两件东西展开了可歌可泣的巧取豪夺、钩心斗角、尔虞我诈的争斗，弄得每家每户每天都有上百只老鼠为抢帽夺袋而丧生。

于是，有好事者便以拍鼠戏为生。此后，地球上养鼠业得以长足的发展，鼠尸污染成了一大公害。

# 这种好事岂能难住我老猪

在东海龙宫，孙悟空与猪八戒邂逅。

猪八戒很激动地拉住孙悟空的手说："猴哥，你成了斗战胜佛后怎么就把兄弟给忘了？"

悟空说："师弟，你我在取经路上降妖伏魔、同舟共济了十多年，这段兄弟情岂能相忘？"

八戒道："既然兄弟情深，那你成佛后怎么就从来不来串门呢？"

悟空说："你成了净坛使者以后，老孙就不知你住哪了。老孙曾多次打听你的下落，可终未得你的确切住址。师傅说你住在施恩镇，观音菩萨说你住在点化市，如来佛祖又说你落足于感戴城……你到底住哪里呀？"

八戒闻言后笑道："兄弟相处十余年，你难道还不知老猪的德性？老猪成了正果后一直住在高老庄呀。"

"那施恩镇、点化市、感戴城又是什么地方？"

八戒捧腹大笑一阵子后告诉悟空，施恩镇、点化市、感戴城就是高老庄。"施恩"是唐僧建议改的，其意是唐僧在高老庄收八戒为徒，才使八戒走上正道，即唐僧在此施恩于八戒；"点化"是观音的秘书授意改的，其意是观音点化八戒在先，尔后才有唐僧收徒之事；"感戴"则是如来的厨师发下来的文件，其意是八戒能得正果，岂能不感恩戴德于佛祖？

悟空笑道："师弟，三位都是领导，哪一位都不能得罪，这真是难为你了，此事你咋办呢？"

八戒摇头晃脑得意地说："这种好事岂能难住我老猪，五块牌子一个村子不就得了！"

"哪能这样呢？"

"猴哥，时代不同了，如今可时髦几块牌子一个村子这种事了。你大

概还不知道吧，西天佛祖的办公大楼门口也挂了许多块牌子……”

“到底挂了哪些牌子呀？”

“三界智能开发委员会、九天神通等级评审委员会、仙神妖仲裁委员会、生灵寿命公证委员会……可多了，老猪也记不过来，还是你自己翻个筋斗去看看吧！”

“高老庄、施恩镇、点化市、感戴城……哪来第五块牌子呢？”

“猴哥，你有所不知，自从老猪名气大了以后，《西游记》的作者吴承恩也找上门来了，他老人家还亲自给我送来了一幅他自己亲笔书写的村名：承恩宫！”

“高老庄，真是一块风水宝地啊！”悟空不禁感叹道。

# 溯源镜

自从人类的遗传基因密码被全部破译以来，基因工程便得到了迅猛的发展，基因修补技术使人类逐渐摆脱了疾病、天灾的困扰，地球人不但越来越健康、长寿和聪明，而且还越来越帅气、漂亮……

于是，寻找与发现优质遗传基因成了地球人的重要工作。优质的遗传基因一旦被人发现，马上就会被大量复制，犹如流行服装一样。

政府为了鼓励那些发现与提供优质遗传基因的人，特授予他们“优质人”、“人民代表”等荣誉称号和权利。于是，地球人逐渐变得如花似玉，健康聪明。找对象、交友，随便，反正个个都体健、漂亮、可爱；选干部、领导，随便，反正人人都文明、能干、聪明。于是地球人真正享受到了文明的成果：平等、和平、安宁。

然而，好景不长。面对同伴们越来越健康、美貌、聪明，一些“优质人”的失落感也越来越大，以致地球上终于出现了“优质人协会”，他们为了找回失去的体面，在花费巨大的人力、物力、智力后，竟发明了一种能显示基因是否被修补过的仪器：溯源镜。任何人只要站在溯源镜面前，就会被测出多少基因是被修补过的，以及被修补的程度如何。于是，地球人原先拥有的平和、安宁生活很快被破坏了。

法律（当然是“人民代表”制定的）规定，根据溯源镜测定的基因被修补的多寡，人类被分成超等、特等、高等、优等、中等、初等、次等、下等、劣等人。鉴定结果被制成一张卡，作为每个人的身份证。未经溯源镜测定之人，就会被法律定为“危险”、“不可靠”的非法分子。

优等以上的人被称为“正人君子”，初等以下的人被称为“幸运婴儿”。“正人君子”在就业、择偶、交友、提干方面总是比“幸运婴儿”更幸运！想不到，一台人类制造的仪器竟能改变整个人类的生活秩序。

“幸运婴儿”尽管因基因被修补多而低人一等，但他们的智力、品貌

却绝不亚于“正人君子”。于是，溯源镜一再被“幸运婴儿”们伪制。于是，真的溯源镜的功能与精度不断被增加和提高，以致溯源镜能测出被测定者的99代祖宗的基因被修补过的情况了。

然而，科学技术的不断进步，并没有让“正人君子”们越来越高贵，恰恰相反，随着溯源镜的性能和精度的不断提高，令越来越多的“正人君子”沮丧……

当溯源镜能测出被鉴定者的第8888代祖宗的基因时，地球人已找不到一个“正人君子”了，原因是人与猴的第8888代祖宗的基因竟没什么差别。

# 祸首

据说阿8的祖宗是阿1。

以前，人们大都以为阿1不曾娶得吴妈为妻就被“咔嚓”了，人们大都以为阿1断子绝孙了。其实，阿1还有一个遗腹子。此子是落户在被阿1摸过光头的小尼姑的肚子里的。

阿1最大的特点之一就是欺软怕硬，那日，阿1被“假洋鬼子”一阵棒打后，路遇小尼姑。阿1以为自己的晦气是由于撞见了小尼姑之故，于是他便将怒气转移到小尼姑身上去。阿1不但在众目睽睽之下摸了小尼姑的光头，而且还一直尾随小尼姑到庵中。见庵内只有小尼姑一人，便兽性大发，强暴了她。老天慈悲，于是，那阿1的种也便有幸延续下来。

阿8在娘肚子里待了八年以后才出来，小尼姑自觉罪孽深重，等儿子出世后便自尽了。于是，阿8的命运与老子差不多。在未庄几乎所有的人都欺侮过他。也是他命不该绝，老尼姑怜悯他，饱一顿饥一顿的硬是将他在苦水中泡大。然而世事难料，天翻地覆，沧海桑田。想不到阿8活到五十多岁时，正好赶上了“逢8便发”的世界历史潮流。由于他的名字好，由于他的父亲是一个知名度极高的人物，很多大公司都争先聘请他担任名誉董事长。于是，阿8便真的渐渐地发了起来。

如今，阿8靠“炒”祖宗（“炒”祖上秘闻、“炒”祖宗隐私）已经是大发特发了。如今，谁也搞不清楚阿8到底有多少钱。人们只是知道阿8有八座别墅、八个漂亮的女人。八十大寿那天，阿8雄赳赳气昂昂地回到了未庄。他随身带回八只沉甸甸的大箱子，里面都装满了钱。他叫人在土谷祠（当年他老子蜗居的地方）前搭起了一个高达八米的看台。他叫人将八只装满钱的大箱子搬到台上。他说他要将这些钱施舍给当年看不起他的老子和欺压过他的那些人的子孙们。

无恩受惠，整个未庄几乎沸腾了。

他站到高台上，自觉年轻了二十岁，起先他大把大把地将一元硬币往下撒。他看到所有的小孩子都在抢钱，很开心。他又发现，有越来越多的大人也在抢钱，他更开心。

当他将面额为一百元的纸币大把大把地往下撒时，他发现所有的大人也都加入到抢钱的队伍中去。

他将钱抛到哪里，人群马上就涌向哪旦。他惊奇地发现，下面涌动的不是人潮，而是有灵性的钱桶。

忽然，阿8发现，下面的人根本不在抢钱，而是在互相厮杀。犹如敌我双方为抢占阵地而进行的肉搏战。阿8又发现，他往下抛的钱越多，下面的肉搏战就进行得越惨烈。

当阿8将八大箱钱都抛完时，他发现下面的骚动也渐渐地平息了——下面的人除了死了的，剩下的也都是已经不会动的了。

然而，在地上，阿8最大的发现却是，圆圆的一元的硬币几乎都被手捏得已经变了形；而大面额的一百元纸币却几乎没有一张因抢夺而撕坏的。这令阿8惶恐不安，疑心自己的眼睛是否产生了幻觉？

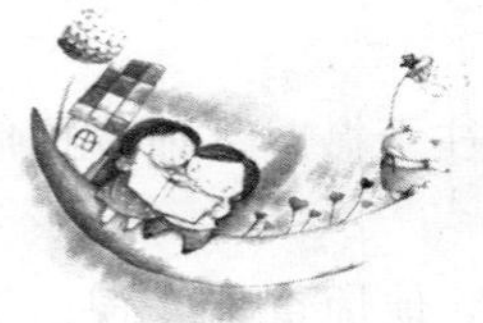

# 我是朱八成的儿子

龙冈村不大，只有百把户人家。全村只有一个姓氏，四百多口人全姓朱，据传，他们是朱元璋的后裔。该村地处崇山峻岭之中，四面环山。村西一条长达一百五六十公里的羊肠小道，是该村与外面世界沟通交流的唯一通道。正因交通如此不便，清兵入关后，蒙难的明王朝皇室子孙朱正八才躲到这里避祸。

寒来暑往，人世沧桑。龙冈村在时间老人的手掌里被搓捏三百多年后，那点皇家子孙的尊贵之气早已随风而散，很难寻觅。

如今，走进该村，展现在我们眼前的景色是——清一色的泥墙矮房，那农舍的外墙早已被雨水叮咬得浑身鸡皮疙瘩。据村民说，该村近五十年内没有一户人家新建过房子。原因只有一个字：穷！

龙冈村虽然贫穷、老旧，却有三点格外引人注目。一是全村所有房子一律朝南坐北，道路全是东西、南北走向，方方正正，井井有条；二是每户人家的大门口都放着一只大水缸，缸内都储着四五担清水；三是村北有一大片樟树林，三四个人才能合抱的樟树比比皆是。

不过，我要向你声明的是，我之所以会关注龙冈村，走进龙冈村，以一名记者的身份采访龙冈村，其原因并非是该村有以上三个“亮点”，而是该村最近出了两大名人！

第一大名人叫朱高明，他是朱八成的儿子，今年44岁。他出名的原因既简单又复杂。不知何故，去年冬季日开始，朱高明逢人总要说这样一句话：“我是八成的儿子!”起初，村人没太在意，大多随便附和一声——“嗯!”“是啊!”“对，八成是你老爸!”后来，见朱高明每天都说这句话，并且逢人必说这句话，有的村民就琢磨开了。然而，琢磨来琢磨去，村民们也琢磨不出一点“花头”来。因为，谁都知道，八成家只有两间泥墙房，76岁的八成瘫痪在床已达4年，全家就爷儿俩人。朱

高明的娘是全村出了名的丑女，左脸天生半张癞蛤蟆皮，人见了都觉恶心，哪有野汉子去跟她偷情？连丈夫八成也从不怜惜她，稍有不顺眼不顺心的事就拿她当出气筒，幸亏她死得早，否则不知要多受多少罪。你朱高明，有谁会怀疑是野种呢？你就是说“不是八成的儿子”，也没人会相信！

终于有人想到了——八成有两个儿子，大儿子异常聪明，可考上大学后，再也没回过村里；小儿子高明，愚蠢不堪，读了三年书仍不会算两位数的加减法……可要是没有这个又傻又笨的小儿子的话，因中风而瘫痪的八成怎能活着度过4年时光？如今，朱高明一再向人声明自己是八成的儿子，是否说明他不但行动上尽孝，而且思想上也懂得“尽孝”的道理？

然而，更多的村民还是不能容忍不能宽恕朱高明挂在口头上的“我是八成的儿子！”这句正确的废话的！多数村民觉得，一个傻瓜说了一句正确的废话，无异于犯罪啊！于是，渐渐地，朱高明成了村民互相讥讽笨得可笑的喻体。如此一来，原先默默无闻的朱高明就自然而然地成了大名人。

龙冈村第二大名人叫朱高白，他是朱八成的大儿子，是朱高明的亲哥哥，今年51岁。朱高白自21岁考上北京大学后，再也没有回过龙冈村。今年4月8日，在美国定居26年的朱高白荣幸地当上了美国牙里斯大学第一任华裔校长，当中国记者采访他时，朱高白曾明确地说过“我是中国龙冈村朱八成的儿子”这句话！消息传回国内，许多报纸、电视都用“我是中国龙冈村朱八成的儿子”作大标题报道朱高白的生平事迹。

龙冈村所在的县政府获悉如获至宝，忙得不亦乐乎。不久，县政府出资，在龙冈村的村西口立起了一座大牌坊，上面镂着朱高白的墨宝：“我是朱八成的儿子”！落款是：“朱高白”。据说，为了搞到这几个“真迹”字，县政府花费了上百万元。

后来，一名省城美女记者到龙冈村采访，见村口的大牌坊后感慨万千，在她的积极筹措下，在村南朱八成家门口也立起了一座大牌坊，上面镂着“我是八成的儿子”七个大字，落款是“朱高明”。

站在朱八成家门口的大牌坊下，热情的村民们准会喜滋滋地抢着告诉你：“上面这几个字，是一名省城美女记者手把手地教了高明三天，才写起来的！”

# 白开水

H小镇的北面路口有两个茶摊，对面而设，相距不过十来米。

朝东的那个是一位老太婆所开，已有四十来年“摊龄”了。朝西的那个是一位瘸脚的姑娘所开，“摊龄”还不足半年。她们两个摊都以经营白开水为主。

因为来小镇赶集的人大多是乡下人、山里人，他们手头都有些拮据，对于那些在电视上经常出现的“易拉罐”和城里人常喝的“矿泉水”，他们似乎是“绝缘”的。因为两碗白开水毕竟只需花一角钱，经济实惠。

不知是何缘故，朝东的那个老太婆渐渐地发觉自己的“正宗”生意，越来越不如对面的那个瘸姑娘。

有一天，老太婆悄悄地拉住一位以往总是在她摊位上买白开水，如今却总是到“瘸脚摊”上喝开水的农夫问道：“嫌俺老了？”

那个农夫回答说：“她的开水比你的开水来得凉爽！”

症结找到了，老太婆便尽量增长凉开水的时间。然而不管老太婆如何努力，“瘸脚摊”的开水总是比她凉爽一些。为什么呢？取的是同一口水井里的水，怎么会不一样呢？老太婆心想，难道烧开水也要找科学？

俗语说：“同行如冤家。”老太婆心里明白，要学对手的手艺，只能秘密进行。功夫不负有心人，瘸姑娘的开水“凉爽”的奥秘终于被老太婆揭开了——原来她卖的开水根本没有烧，从井里取上来便立即“上市”了。

老太婆恨恨地骂道：“瘸了一条腿，还不怕罪孽深！”

此后，老太婆逢客便悄悄地说：“瘸脚摊的水是没有烧过的，别去吃！”

然而，客人好像不在意她的话。有的当面回敬道：“生意各自做，别去诬陷人家。”有的甚至说道：“谁又能保证你的水是烧开过的呢？”

老太婆的生意还是渐渐地暗淡下去，瘸姑娘的生意当然是渐渐地红火起来。

终于，有一天，老太婆也将井水直接摆到茶摊上当作“开水”出卖了。晚上老太婆一夜睡不着。心里想道，自己一辈子没做过亏心事，要是有客人喝了不曾烧过的井水而得了什么病，岂不是自己的罪过？翻来覆去睡不着，老太婆索性起床烧开水。不料，脚下被什么东西绊了一下，摔了一跤，竟骨折了，半晌爬不起来。

老太婆禁不住哭了起来：“老天爷，我只卖了一天井水，难道就要遭到报应吗？老天爷呀，你，不公平呀！”

# 救灾

老王自从把申请书塞进厂长室后，三天来一直惶惶不安，似乎犯下了不可饶恕的罪过。

“局长明确宣布，抗洪救灾要作为一项政治任务来抓，要全力发动全厂职工捐款……我们可以这样说，捐款额、捐款人数的百分率是反映一个单位思想政治工作水准的。”这是书记的话，老王记得清清楚楚。那天在全厂职工抗洪救灾动员大会上书记确实是这么说的。

“为了发扬人道主义，为了那些在洪灾中无家可归的落难弟兄，我们厂行政会议决定，捐款封底不封顶。也就是说，在我们厂领工资的每位职工，每人至少捐五十元。多的就不限制。多多益善嘛！这项工作我们就委托财会科代办了。这个月工资每人扣五十元，作为抗洪救灾捐款。如你要多捐，请与财会科联系。”这是厂长在台上说的。老王也记得清清楚楚。

当然，老王更记得清清楚楚的是，家里七十二岁的老母已瘫痪四年零三个月了，贤惠守孝道的妻子去年九月九上山拜佛求神被人流挤下了深谷，虽捡回性命，但留下脑震荡后遗症，只会吃饭不会洗脸梳头；据老人说她是回来讨债的。那一贯很听话的二十三岁的独生子为母报仇，把人家的脑袋砸了一个窟窿，至今仍关在铁窗内受教育。

前世到底做了什么恶事？自从灾难接踵而来，老王就一直在探究这个问题。本来就老实巴交的老王经过“真要金”（程咬金）的三斧头后，早已变成规规矩矩不乱说乱动的俘虏兵了。平时从没大声出过气，也不敢与人谈话。每每见到三五一群、七八一伙在私下谈论，他就觉得人家是在笑话他。

于是，他把生命赋予他的活力全部放在默默地做好工作、优待病人、思念儿子、探究前世过错这些事上。于是，他衰老得很快，五十来岁年纪头发比老母还要白。

那天，抗洪救灾捐款动员大会后，他不知是哪根神经出了故障，竟一反常态。回到家里烧了六支香烟后，用一支铅笔坚决地写下了一张“要求免扣五十元工资的申请书”。不过，他还是不敢理直气壮地踏进厂长室的门。趁人家都已下班，他偷偷地把装了申请书的信封从门的底缝里塞了进去。

谁知三天来，厂长室对此毫无反应。直把个老王闷得气乱三焦、神不守舍。

这不是有意跟厂领导唱对台戏么？老王想来想去深感后悔。不就是五十元钱么？尽管生活艰辛，但少五十元钱一定也活得过去，何必又给自己找麻烦呢？

于是，他又有些后悔。

然而他又想，自己工作一直勤勤恳恳，从没向领导提过要求。尽管在那最艰苦的日子里，也从没要领导操过心。这次要求免扣五十元工资就算过分么？混混沌沌的老王终究想不通，但终究一直在想。

忽然，车间主任老许通知老王去厂长室。

说也奇怪，厂长室没有反应时老王心里闷躁，今忽听到厂长室有了反应，他的腿就先自软了一半。肚子里的肠子忽地往上提。

他战战兢兢地朝那楼梯移去。

移至近处，但见那阶阶水泥楼梯似排排滚木，似乎顷刻间就会排山倒海般地砸将下来。

老王艰难地走进厂长室。

他怎么也预料不到，厂长竟会那样热情，那么和蔼，既请他落座，又请他喝茶。说是刚刚出差回来，见到老王的申请书，马上就打电话给车间主任老许，通知老王去的。

厂长笑眯眯地要老王重写一张申请书，说是要求救济的申请书，要用钢笔写，铅笔写的不能用。

厂长亲自把纸、钢笔放到老王的面前。老王浑身不自在地照办了。

厂长雷厉风行，当场就在老王的申请书上写上了“同意拨给伍佰元整”的字样，并注上日期，签上名，还盖了红印印。说是马上可以到财会室领钱。

事实果真如此，老王轻而易举地做梦也想不到地在财会室领来了五张完完整整的百元钞。轻飘飘的五张百元钞硬是让一个穷得叮当响的汉子从眼眶里滚出一串热乎乎的珍珠。

故事到此并没有结束。

到月底发工资时，老王在工资单上清清楚楚地看到了“扣捐款五十元”的字样。

于是，他跟出纳说话，出纳也说了话。于是，他又跟会计说话，会计也跟他说了话。最后，老王决定三上厂长室。

不过，他这次上楼梯与前两次心境大不一样。这次是腿脚灵便，思路清楚，真有点理直气壮之感。

“……”见了厂长却一时语塞。

“……有什么困难么？”厂长还是那么可亲。

“厂长，我，我，为何还是被扣去五十元？”话没说完，一张工资单已捧到厂长面前。

厂长轻轻一笑：“钱与钱不一样，该扣的要扣，该拨的要拨。你有困难，下个月可以再申请！”

纵有千言万语，此时又能说些什么？

没过几天，省报头版刊登了一篇通讯。说的是老王的厂救灾捐款表现突出，百分之百的职工捐了款。当然重点介绍的典型事例是老王，文章言辞贴切，真挚感人。读者无不被老王“患难却不忘灾区人民”的崇高品德所感动。

文章最后笔锋一转，说厂领导的工作作风、品德修养决定一个厂的精神风貌、产值、利润云云。从文章的署名很快就知道，此文出自厂长办公室的省报通讯员小刘之手。

由于事例及时、典型，记者纷纷前来“挖掘”。

于是，老王的讲话有了专人辅导。说一个人的觉悟，领导的关怀，同事的帮助之间的必然关系云云。

厂领导、老王的名字不但在报纸、广播里多次出现，就连远在千里之外的边防战士也在电视屏幕上见到了老王的尊容。

一位荣立一等功的残废军人给老王寄来了一封表示向老王致敬向老王学习的信件，并同时给老王汇来了二百元人民币。当然，这样感人的事迹很快又上了电视，进了报纸。

这样一来，老王在短短三个月内收到了全国各地寄来的汇款有二万四千八百多元。

真可谓天有不测风云，人有旦夕祸福矣。更令老王兴奋得睡不着觉的是，他的儿子被提前释放了。

# 千万别当笑话说

腊月廿五，李市长带队去慰问老专家王文丽，我作为记者跟去采访。

事前，我打探到王文丽的一些情况。知道她是我市水利工程的第一位工程师，创办了我市第一座水电站，今年已经88岁，离休干部，每月工资有1万多元。

这么富有的离休干部，为什么要去慰问？是不是身体不佳？或者是晚辈们不孝啊？起先我很不理解，问了市府办的秘书们，得到的答复是："他们对祖国的建设有功，我们不能忘记他们！"

终于找到王文丽居住的地方了，在城中村6巷8号1单元205室，三室一厅，面积为128平方米，原来老人一家两天前就得到通知，已经退休的儿子儿媳，和老人一起，早就在等待市长去慰问了。

来开门的是王文丽的媳妇，当然是满脸笑容。李市长一行七八人，鱼贯而入。王文丽坐在客厅的沙发里，神情平静地看着大家进来。

李市长热情地走上前去，紧紧握住王文丽的双手，说道："王老，您好！您是功臣，为我们这个城市的建设作出了很大的贡献，我们感谢您，我们没有忘记您，也不敢忘记您，今天我代表市委市府，给您拜年了！听说，您现在身体仍然硬朗，健康，我们很高兴……"

谁也没有想到，剃头的挑子一头热，面对李市长的"热脸"，王文丽好像没有听见，只是用打量陌生人的眼光平静地看着李市长的"表演"，既没有起立，也没有答话。

大家都感到尴尬。王文丽的儿子儿媳，忙招呼李市长喝茶、吃水果。

李市长还是握着王文丽的双手，好像一点不在乎王文丽的"无情"，转头问王文丽的儿子儿媳："王老的血压怎么样？血脂高不高？"

张秘书很机灵，把带来的慰问品——红包、大米、棉被、食用油等一一递给李市长。李市长把慰问品一一递给王文丽。面对大米、棉被、

食用油等，王文丽接也不接，幸好，其儿子儿媳赶忙抢着接了过去。

李市长最后把红包递给了王文丽。谁也没有想到，王文丽很爽快地接过了红包。

李市长很高兴，说："王老，我市现在经济发展形势很好，市委市府的奋斗目标是，五年内争取全市市民平均收入翻一番……"

正当李市长说着"宏伟愿景"时，让大家目瞪口呆的一幕发生了——原先坐在沙发上的王文丽站了起来，面对市长，把红包打开，抽出里面的钱，认真数了一遍，轻声说道："八百。"然后，她把钱装回红包里，过了不到三秒钟，又把里面的钱全部拿出来，重新数了一遍，好像觉得红包里面还有钱，就把红包倒过来，抖了抖，见没有钱落到地上，就说了一声："是八百！"然后，大家很快发现，一直面无表情的王文丽终于像七八岁的孩子一样，悠悠地乐了。

大家算是开了眼界了！每月工资有1万多元的离休干部，居然这么爱钱！

今年春节，我去刚刚升任副市长的舅舅家拜年，发现客人很多，互不认识，为增加印象，我提议大家都说一个笑话。

轮到我说笑话时，我就把李市长慰问王文丽，王文丽拆开红包认真数钱的事，当做笑话说了。

散席后，一位三十出头的美女科长悄悄哀求我："以后，千万别再说王文丽数钱的事了！因为王文丽是我的外婆，老人虽然工资高，但是她至少十年没有摸到过钱了！"

"不可能吧？"我说。

"都是让电脑给害的，发工资不给现金，又不要本人签字，却搞银行卡，又要设密码，耄耋老人怎么搞得清楚？加上你们记者老是报道一些老人被骗的事，好像老人口袋里放钱就是错！我外婆钱又多，儿子儿媳都怕她出问题，早就全部代劳了……"

# 陨石和罂粟

红楼神堡的鸡博士终于发现了一颗有高级生命体的行星，它位于铜海系锡阳区第9807恒星场的左旋轴的尾部，距地球约69亿8千4百万光年。进一步的测定更鼓舞人，这颗被命名为“鸡天应”的行星上有比地球上人类更高级的生灵，这些高级生灵很快被命名为“天应人”。

“这么遥远的星球——从地球上发出的光子都要飞行70亿年才能到达，发现了又有什么意义呢?”鸡博士的一名重要学术反对派代表诸先生忽然从听众席上站了起来，他浑身穿着大红色的服装，尽力向两旁伸展的双臂高高举起，似乎扣住了鸡博士的脖子和脚腕子，“地球的寿命最多只剩50亿年。假如我们马上派光速飞船去联络鸡天应行星……70亿年……飞船没到它那里，咱们地球可早就毁灭了!”

“我们可以造出比光子更快的飞船去考察!”浑身雪白装饰的鸡博士在新闻发布会上情绪异常激动，听到诸先生的责难话后马上信口开河地胡扯起来。

“光子是世上最快的东西了，爱因斯坦早就下过定论了！难道鸡博士连这点常识都没有吗?”诸先生忽地大笑起来。

“爱因斯坦，他早就死了，难道我们人类的科学也就不再发展了吗?难道我们就一定找不到比光子更快的东西了吗?”鸡博士表情凝重，像铁板上钉钉子似的反驳诸先生。会场立时响起了雷鸣般的掌声，毕竟地球在浩渺的宇宙中孤独地繁衍生命几亿年了，谁不盼望有个地外生灵来客串呢?

终于，在鸡博士的艰苦努力下，全球科学精英都集中于红楼神堡，集思广益，群策群力，研发超级宇宙飞船。

功夫不负有心人，经过长达38年的全球科学家的共同努力，一种超级宇宙飞船横空出世，它以梦神为动力，速度最大值可达光速的10亿

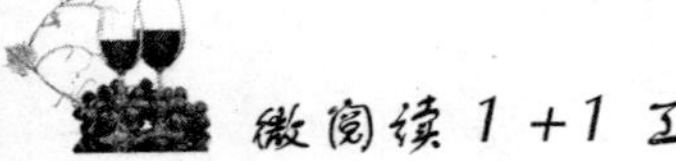


倍。也就是说，使用该飞船，从地球出发，只需7年时间就能到达鸡天应行星！

只需短短7年时间，就能与地外生命取得联系，这是多么振奋人心的消息啊！

然而，在试飞超级飞船时一个令所有科学家沮丧的现象出现了——任何生命体都无法承受10亿倍光速的冲击。也就是说，超级飞船无法携带地球上的任何生命去鸡天应行星。

于是，地球人只得发射不带任何生命体的超级飞船去鸡天应行星，其目的是：希望鸡天应行星上的天应人看到地球上的超级飞船后能主动来找地球人！

短暂而漫长的17年（大大超过预计时间）终于过去了，超级飞船经历了无数无法预测的困难与艰险后，最终还是降落到了鸡天应行星上。真是谢天谢地，虽然飞船已经满目疮痍、能量耗尽，但毕竟到达了目的地。

时间一天一天地过去，天应人却没有发现飞船。原来，飞船着陆点正好处在鸡天应行星的南极点上，那里终年冰天雪地，人迹罕至。随着时间的流逝，越来越多的地球科学家失望了。

35年后，两个巨大的消息传到了红楼神堡。一个消息令鸡博士沮丧，一个消息令鸡博士振奋。根据鸡博士的心意，先向大家公布坏消息——3名去探险的天应人发现了地球飞船，后经鸡天应最权威的科学家研究后确定：超级飞船是一块陨石，它虽来源于69亿8千4百万光年外的地球，但无重大研究价值——被收藏于鸡天应十三类乙等博物馆；后向大家公布好消息——鸡博士的重要学术反对派代表诸先生发明了“微分加密器”，经过它处理的植物能经受住10亿倍光速的冲击而不失真。可惜的是，这个“微分加密器”只能使动物承受住1万倍光速的冲击。

鸡博士大喜，不顾145岁的高龄和严重的心脏病，马上带着厚礼去拜访已移居狼牙星球33年的诸先生。

18年后，经地球人和狼牙星球人的共同努力，一种超级植物被培育成功。这种被命名为“梦子小姐”的植物，只要一丁点进入动物体内，就会对其大脑产生作用，使受体感应到地球上的一切景象——风云雷电、阳光雨露、人世悲欢……科学家坚信，有了“梦子小姐”作媒介，与天应人取得联系是十分容易的事了！

好消息不断传来！新超级飞船顺利降落鸡天应星球，“梦子小姐”很快适应鸡天应星球，“梦子小姐”超能力繁衍，天应人越来越喜爱“梦子小姐”……然而，正当鸡博士坚信更好消息很快就会传来之时，“梦子小姐”遭到了天应人的大肆剿杀而濒临灭绝，原因是“梦子小姐”被天应人命名为毒品：罂粟。

风烛残年的鸡博士经受不住打击，当晚突发心脏病而撒手人寰。

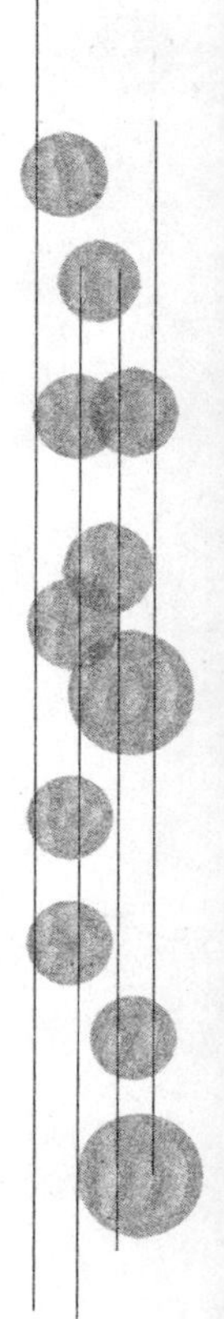

# 红楼档案

真是不看不知道，一看吓一跳。走进红楼神堡的第3085区第63所第82档案馆里，展现在曹雪芹眼里的竟然不是一叠叠纸质档案本子，而是怎么也想象不到的东西——一望无际的整齐划一的一排排一列列柜架，柜架上放置着一列列一排排透明玻璃瓶子，瓶内全部装着未受尘世污染的人体标本——大多是婴儿全身标本。这些婴儿标本悬浮在透明的保真液体里，犹如处在温熙的母腹之中。

曹雪芹顿时傻了眼，脑子好像一下子被格式化了，不知自己身在何处。

带曹雪芹走进来的空空道人拍了拍曹雪芹的肩膀说："时间有限，只有半个时辰，好好看看吧！"

见曹雪芹好久仍傻呆着，空空道人忽地大喝一声，拂帚一挥，立时一盆冷水从天而降，将曹雪芹淋得个落汤鸡似的。

曹雪芹被冷水一淋，方才还过神来，问道："大师，这是那儿呀？你要我看什么？"

空空道人说道："走走，看看，看看，走走！"

曹雪芹抬头一看，前面柜架里正好有一个玻璃瓶，内有一个八九斤重的女婴标本。走近仔细一瞧，瓶上贴着一张标签，上书寸楷大字：贾元春；其下附有许多蝇头小字。细细看后才知，小字记叙着贾元春的国籍朝代出生年月以及生平和因果。空空道人告诉曹雪芹：贾元春出世时，父母祖宗皆嫌她是个女身，便毫不吝惜地将她的原身送入红楼神堡，供奉堡主。贾府人只是把克隆出来的贾元春抚养成人。世人哪里知道，堡主的规矩是，对于奉献原身的人必定佑其大富大贵。因此，贾元春日后成为皇上的爱妃是命中注定的。只是她奉献原身的初衷并非出于其祖上的善心，所以贾元春才没有善终。

曹雪芹闻言，为贾元春的结局鸣不平：祖上所做的事，怎么可以把账算到她的头上？空空道人道：子女是祖宗的遗产，祖宗的债当然由子女来偿还！岂不闻“人生在世，能做的事就是给子孙多积一些德”？

他俩说着说着，不知不觉地来到了“贾政”的标本前。空空道人指着“贾政”笑道：世上爱耍小聪明的人太多了，哪里知道——聪明反被聪明误。贾政出世时，因是个男的，其祖上便舍不得，只知道花大钱给克隆店，将一个克隆出来的“二手货”当作原身供奉给堡主。结果是，堡主以其人之道，还治其人之身，弄得贾政长大后在仕途上总是雾里看花，水中捞月，泥泞不堪。

曹雪芹沉思一会儿后说道：世人将原身奉献给堡主，才能大富大贵，那么，红尘中的高官厚禄之辈也用不着羡慕了。他们只不过是一具具傀儡，其原身早已被泡入这小小的玻璃瓶中了！

空空道人叹笑道：这就是红尘的无奈与悲哀了！空空道人说，他自己本来也是红尘中人，祖上也大富大贵。他出世时，父母也耍小聪明，将他的命根子与克隆人调了个包后，送去供奉堡主。就因为这一点紧要处是“二手货”，堡主就让他受活罪——有真家伙却无真用途，最终只得入空门做道士去了。空空道人还说，世人急于求成者也多，像贾雨村父母之辈，胎儿远未成熟就送去供奉堡主了，如此投机者当然也不会有好结果！空空道人叹息道，富贵者多弄虚作假，贫贱者多投机取巧。

在里面，曹雪芹很快了解到“贾宝玉”瓶中也是一个“二手货”，“林黛玉”瓶中仅是个“七月龄”的“二手货”，“薛宝钗”瓶中也不过是个“八月龄”的“二手货”……“晴雯”、“平儿”、“贾雨村”虽然都是原身，然而一个只是“一张俏脸皮”、一个只是“三月龄胎儿”、一个只是“五月龄胎儿”……

忽然，曹雪芹撞见了“曹雪芹”的瓶子，忙走过去细瞧，只见瓶子里面只悬浮着一双美丽的大眼睛。正欲发问，空空道人却先开口：瓶里面的眼睛正是你的原身，如今你身上的眼睛是克隆出来的“二手货”。你出世时，父母将它奉献给堡主，所以今天你才有开眼见一见这红楼档案的缘分！

曹雪芹还想细问因果，空空道人却沉下脸来喝道：“半个时辰已到，你该走了！”随着他手中的拂帚一扫，曹雪芹一下子就被抛到了青梗峰下。

# 恐惧创新

9 岁的儿子令我惊喜。

话还得从头说起。那天，5 岁的外甥来我家玩，儿子要我放 6CD 碟片给他们看。我忙乎了半天，能听到非常吸引人的宇宙大战喧闹声，但电视屏幕上只有一些捉摸不定的黑白带，却始终不见完整的画面。

外甥终于克制不住看不到画面的愤怒，抱住我的大腿，在我的屁股上狠狠地咬了一口，并且还示威般地大哭起来。

我说，6CD 机器坏了，又不是我有意不给你们看，干吗咬我？

外甥可不跟我讲理，还是哭闹不休。时至午餐时间，妻子要我先吃饭，饭后马上去修理 6CD 机。

正当我在阳台上一个劲地与外甥“谈判”时，儿子从客厅匆匆跑来告诉我：“好了，好了！有影了！”

我走过去一看，发现电视上果真出现 6CD 影像了。我惊异地问儿子，怎么会这样？儿子说，他只是将 6CD 的输出线拔下后重新“试插”了几次，画面就出现了。

我认真地查看了一番机器连线，发现儿子将 6CD 输出线中的一根插入了电视机视频“输出”的端子上（按理，这根线应插入电视机视频“输入”端子上）。此时，我忽然记起，这台电视机昨天刚从修理部取回来，想必修理师傅粗心，将“输入”与“输出”的线接反了。儿子不懂事，不知“输入”与“输出”的区别，因急于看电视，不管三七二十一乱插一通，竟被他蒙对了。

妻子十分兴奋，连连夸奖儿子聪明、有创新精神。此事对我震动很大，我不禁感叹，自己一辈子循规蹈矩，按部就班，不知错过了多少好机会？为了儿子不走我辈的老路，第二天，我与妻子郑重其事地给儿子发奖：一次性奖金 20 元，以后每周一发奖金 3 元；若再有“创新”，重奖。

想不到，上个月，儿子又得了一笔奖金。那天，我与妻子正在收看电视连续剧《大法官》，忽然电视画面上出现严重的竖条干扰带，以致电视画面根本看不清。我禁不住直骂娘。儿子闻讯后，兴趣盎然地来捣弄电视了。我笑着对儿子说，这回你运气可没上回好了，这是外面有电磁波在干扰，问题根本不在我们家里，你这样捣弄是拿不到奖金的。

哪知，儿子不管我的忠告，胡乱捣弄一阵子后又成功了。当他将有线电视的传输线插头，从墙上46（电视）插孔拔下后，插上FM（调频广播）插孔时，电视画面就正常了。反复试验后证明，儿子的“创新”是正确的。当夜，我跑到电视修理部，买回一只FM专用插头，换下原来的46专用插头。这回，我们给儿子发奖金50元，并决定以后每周加发2元奖金。

上周日上午，我家的电脑因被病毒感染而瘫痪了。我非常痛心。再买一台电脑，花钱，我倒不在乎，只是原先花了自己大半心血的存储文件丢失了，很痛苦。然而，儿子好像很兴奋，以为又有机会“创新”了。于是，他又去捣弄电脑了。

只见儿子胡弄一阵子后，将电脑输入线从墙壁上拔下，忽地将其插入220伏电源线的插孔内——说时迟，那时快：一道火光从电源线插孔窜出，沿着传输线直扑电脑……

我被吓得脸煞白，儿子也慌了手脚，连忙抛掉手中的电线，惊呆一会儿后大哭起来！幸运的是，儿子的手掌只是被电火花灼出七八个血泡。

惊魂稍定后，我语重心长地对儿子说，创新，首先要在保证安全的前提下进行，绝不能拿生命开玩笑。儿子似懂非懂地点了点头。话一出口，我又暗骂自己：世上哪有不冒风险的创新？创新，本身就寓含着危险、奉献、牺牲呀！

晚上，正当我躺在床上回味白天的恐怖情境时，儿子兴奋地告诉我，电脑一切正常了！

我闻言，像触电一样惊起，一把抓住儿子，狠狠地扇了他两巴掌：“你还敢去捣弄电脑，真不要命了？”

儿子从没见我发过这么大的火，尽管半个脸已被我打得红肿，可并没有哭。

尽管原先丢失的那些电脑数据果真神奇地被恢复了，可我不但高兴

不起来，反而忧心忡忡。

这一夜，我翻来覆去睡不着。次日一早，我对儿子说，从今往后不准再去搞创新，从今天起，原先的奖励办法取消！

儿子“哇”地大哭起来：“你……不是……要我做……科……学……家吗?”

我只觉喉头阵阵发紧，轻轻擦了擦儿子的眼泪说：“爸爸只有你一个儿子，从今以后，只要你保证不再搞创新，奖金加倍发……”

# 最珍贵的文物

阿拉面怎么也想不到，一只由103块碎片黏合而成的非常粗制滥造的、仅有成人头颅般大小的陶罐“面神”，竟然会使他的爸爸阿拉米着了魔——千方百计偷到手，尔后提心吊胆、东藏西躲，在没来得及换成大额外星币的情况下，被警察逮住，最终身陷囹圄。更让阿拉面想不到的是，这件58000年前的文物失窃案，竟然牵扯到地球村公安部重要领导在内的大小官员107名（比罐的碎片数还多），轰动了世界！

这一年阿拉面才12岁！

可谓祸不单行，这一年阿拉面不但因患阑尾炎而做了切除手术，还在求医途中遭了车祸，被撞断了左小腿骨！

正当阿拉面万念俱灰，在医院不肯配合医生治疗时，被特许到医院探望儿子的阿拉米给阿拉面送来了一个“面神”仿制陶罐，并留下一句谎言：“只要你能写出一部文物史，就能救爸爸！”阿拉米将自己30多年来精心搜集的365公斤文物资料送给儿子，一再强调“破损不是贬值，残缺无损圣美”的文物观，并要阿拉面从“支离破碎”的“面神”陶罐中找到编写文物史的灵感来。毋庸置疑，阿拉米原是一名高级文物专家，是惊艾大学的一名教授。

少年的心是稚嫩的，是易碎的，却也是充满活力和无限生机的。阿拉面也像他的父亲一样，很快被“面神”陶罐的魔力所征服，他的心也如“面神”陶罐，破碎而黏合，并随时间的推移逐渐增值起来。不过，阿拉面并不同于阿拉米，他根本没有被“面神”的财气所蛊惑，而是被“面神”的灵气所感召，成为他人生旅途中一盏永不熄灭的指路明灯。

谁也预料不到，一只“支离破碎”的陶罐，竟然与阿拉面的命运轨迹相映。下面摘录的是阿拉面的人生履历片断——

18岁，被关了6年的父亲发配到月球服劳役。临行前，父亲再次骗

他“只要你能写出一部文物史，就能救爸爸”，并要阿拉面跪着发誓。阿拉米真是用心良苦，他企盼自己的事业后继有人。同年，阿拉面因向法院起诉将他的断足接歪的医院，而被院方雇来的凶手打掉两颗门牙。此后，阿拉面慑于医院的淫威而撤诉。其实，医院正在争创“宇宙级文明医院”，院方怕因打官司而损坏锦绣前程，故而采取牺牲小家（阿拉面）保大家（医院）的“无奈”之举。事后，被评上“宇宙级文明医院”的院方，特授予阿拉面“荣誉院民”的称号，并私下承诺“包揽阿拉面下半辈子的所有车祸医疗费用”。但院方却始终不愿给阿拉面的歪足做矫正手术，致使阿拉面的左脚只能像美国著名电影演员卓别林那样走路。

20 岁，阿拉面因抵挡不住某大款的第 17 位“二奶”的诱惑，只相好了 58 天就被大款发现，结果是被大款给阉了。若不是“二奶”“有情有义”，发誓“永远爱着你”，并时常打来电话忏悔，阿拉面恐怕顾不了“救父亲”的诺言了。不过，“二奶”的情义只保持了 108 天，阿拉面走出生命的低谷后，她就逐渐销声匿迹了。

28 岁，阿拉面去医院做了扁桃体摘除手术，解除了扁桃体经常发炎肿痛的苦恼。

30 岁，阿拉面去医院摘除了两颗疼痛了 3 年的龋齿。（至 58 岁时，仅剩下 3 颗牙齿了）

31 岁，因经常与人赌酒量，患胃穿孔，其胃被切除三分之二。

35 岁，因结石，其胆被切除。

44 岁，去某山庄查验一件文物资料时，被毒蛇咬伤右手中指，为活命，慌乱之中，自行砍下 3 个手指。这年，其父病死于月球某工地。

49 岁，因救一弱妇，被流氓打断 5 根肋骨，右肝被肋骨刺坏而切去一半。此后，弱妇认其为“干爹”。

56 岁，一年中竟遭 7 次车祸，肇事者皆逃逸，幸每次都只是撞断少量肢骨。但那家被评上“宇宙级文明医院”的医院私自毁约，只肯支付前 3 次车祸的医疗费用。

……

86 岁，阿拉面仔细盘点了身上所有的伤疤与创伤后发觉，他这一生已积累了整整 100 个创伤。他忽然觉得，加上日趋严重的颈椎炎和折磨他睡不好觉的两个肩胛炎，其数正好与陶罐“面神”的碎片数相等。他认为，这是一个很有意义的巧合！此乃“天数”也。

阿拉面盘算着，将已完稿的《人类文物史》寄给天河冰星第一出版社出版，用稿费去置换一副颈椎骨和肩胛骨，这辈子也就圆满了。他想，自己的生命一直都在做“减法”，总是去掉这个，丢掉那个，总觉得太对不住自己！最后，不用“减法”而用“置换法”给自己“收场”，也算是画上了一个完美的句号了。

天河冰星人收到阿拉面的《人类文物史》后，很感兴趣，马上派特使来地球与阿拉面联系。

天河冰星人实地察看了地球上所有“珍贵”的文物后，竟然一反常态，对《人类文物史》失去了兴致。这对阿拉面无疑是一个致命的打击！阿拉面终于发狂了！阿拉面将自己全身的头发、眉毛、胡须拔得一根不剩，并将家产烧得精光。3 天后，阿拉面什么也记不得了——患上了失忆症！

谁也想不到，曾经历了 100 个肉体创伤的阿拉面最终竟败倒在“事业”的创伤里。

令人惊讶的是，天河冰星人竟然花重金向地球人购走了阿拉面。他们认为，地球上真正有价值的“文物”正是阿拉面本人。因为在克隆技术高度发达的地球上，没有置换过器官的人，30 岁以上者仅阿拉面一人而已。据悉，多数地球人在成年前就多次置换过身上的器官。能经受住 100 次肉体“减法”、傲霜斗雪 86 载的阿拉面，终于被公认为世上最珍贵的文物！

# 证词

孔乙己被妙龄女郎领进红楼神堡的第 WP188 陈列馆，只见约有半个足球场大小的陈列馆内挂满了大小不一、规格不一、色彩不一、面料不一、风格不一、文字不一、年代不一的各种条幅。进入馆内，犹如进入柳树林。那一挂挂字幅犹如弯腰垂头的柳枝，不断地挠扰着人的眼睛。仔细一看，各种条幅内的字句其意却相同，都是“本人郑重作证：全球第一美女艾丽丝·玛尔亚确实是赵绍隆先生的第 38 任‘二奶’”，尔后是各自的亲笔签名和各自的大红手印。

妙龄女郎笑眯眯地对孔乙己说道：“孔先生，只要您也写个字据作证一下，那么，您今年的生活费就全由红楼神堡支付了！您看，这不难为您吧？”

面对勾人心魄的妙龄女郎的温情，面对“天上掉馅饼”的千载难逢的好时光，穷困了大半辈子的孔乙己被惊得阵阵发呆，禁不住自言自语道：这不会是梦幻吧？这不会是真的吧？

妙龄女郎忽地一把钩住孔乙己的脖子，狠狠地在孔乙己的左脸上亲了一大口，然后媚态十足地问不知所措的孔乙己：“孔大人，您说，这是不是梦幻呀？”

终于，孔乙己确认了眼前的一切都是十分真实的以后，也仿效别人，非常认真地写下了一张“本人郑重作证”的字据，既在字据上按了大红手印，还在字据上别出心裁地盖上了大红屁股印。孔乙己心里明白，假洋鬼子赵绍隆因最早抢滩世界名人隐私外贸而赚了大钱，但假洋鬼子的心灵却十分空虚，也可以说，假洋鬼子的心理已严重变态。否则，谁会花重金到处收购（收藏）毫无实际意义的“证词”呢？

“可笑！荒唐！神经搭错！脑子灌水！”

孔乙己坐在水泥地板上，撕开装钱的麻袋的拉链，一边认真地迎着

阳光举着钞票——仔细辨认刚刚得到的每一张“作证费”的真伪，一边狠狠地骂着假洋鬼子。每辨认一张钞票，总要狠狠地重复一遍：“可笑！荒唐！神经搭错！脑子灌水！”

等孔乙己辨认完所有钞票时，太阳早已西沉。此时，孔乙己才发觉自己已经累得腿麻腰沉口干舌燥了。

“可笑！荒唐！神经搭错！脑子灌水！”孔乙己又狠狠地骂了一遍，却忽地觉得：不是骂别人，而是在骂自己！

突然，西北方传来了吵闹声。孔乙己寻声而去，发觉阿Q背着一大袋钱正趾高气扬地训斥小D：“你这脑子进水的笨蛋，这么容易赚的钱你都不要，真是太可笑！太荒唐了！”

只见小D怯生生地辩解道：“我脑子没进水，智商也不低，今天并不是我不想要这些钱，只是我没读过书，不会写字罢了！”

孔乙己发现阿Q的钱袋比自己的钱袋大许多，遂盘问起阿Q来了。阿Q得意地对孔乙己说道：“信息就是生产力！要我给你机会得先给好处费！”

等孔乙己无奈地给了一些钱后，阿Q说出了“得大钱”的处所。

孔乙己终于找到了红楼神堡的第YU250陈列馆。这是一个特大的陈列馆，好像比中国北京的故宫还要大。走进馆内，孔乙己第一眼就看见阿Q的“郑重声明”，顿时，一股悲凉之气弥漫全身。但转念一想，这不过是一场文字游戏而已，何必太认真！名誉虽然重要，但吃喝穿戴更加重要。

犹豫了许久之后，孔乙己决定：为了告别苦难的前半生，迎接美好的明天，委屈自己一下也是值得的——大丈夫能伸能屈嘛！何况，这字据也不见得真的对自己有害。终于，仿效别人，郑重地写下了一份声明：“本人孔乙己，个性是见钱眼开、唯利是图。因早年乱搞女人，饥不择食，如今患有严重的性病……”结尾照样是亲笔签名与按大红手印。

“可笑！荒唐！神经搭错！脑子灌水！”背着一大袋钱的孔乙己走出红楼神堡后仍一个劲地叫骂着，只是他自己也不知道，该骂的人到底是谁？掂量肩背上沉沉的钱袋，一份充实感很快占据了孔乙己的心。

回到老家，有了钱的孔乙己很快被县衙门评为“脱贫致富”的标兵，当上了政协委员。不久，他娶了一名下山脱贫的打工女为妻，生下两个儿子。

后来，孔乙己出资办了一所希望小学，校训是“历史不可信，祖宗不可信，君子不可信，自己不可信”。终于，孔乙己成了一名有口皆碑的“四不”教育家。

# “老哥”修理部

不知从什么时候起，我每坐公交车路过清心路时，总会不由自主地多看几眼“老哥”修理部。其实，“老哥”修理部一点也不显眼，不到十平方米的店面好像是硬挤在这繁华商业街中，门面上的招牌粗陋不堪，歪歪斜斜的“‘老哥’修理部”几个字，根本没水平没档次没品位。里面除了一张单人木床上不放废旧电器零件外，其余地方堆放着各种废旧电器件。这样一爿修理部，简直让人怀疑是否是电器垃圾堆放场。

令人惊奇的是，在这爿修理部中我只看到过一个人，那是一个额上面部布满皱纹，脑后拖着一条3尺长的花白辫子，浑身非常土气的中年农村妇女的形象。起初，我以为她是给这修理部看一下门的人，修理工可能是她的儿子，因为我时常发现她坐在门口织毛衣。后来，我多次看到她不在织毛衣什么的，而是亲自动手拆电动机、洗衣机、电视机……于是，我觉得这修理店就是她自己一个人开的。像她这样一名农妇，是怎么学会修理的？从没看到过有人上门，她的收入水平怎样？技术水平又怎样？

那天，我终于克制不住自己的好奇心，特意上门探访。

“请问这店是你开的吗？”

“查户口的？还是查税的？”她边织毛衣边认真地审视着我，一张饱经风霜的脸上射出两束冷厉的目光，我不禁为之一颤。我清楚地记得，她这种目光与我的老婆审问我是否与情人幽会过的目光一样。

“不，不，不……”我说，“我有一台电视机坏了，想拿过来修一下。”

“可你还没拿来呀！”

“我不知你的技术水平……”

“包好！立等可取！修不好赔你一台新的！这是我的规矩。”

我回家找出一台经十多家修理店修理后仍不能正常使用的“引诱”牌电视机，送到“老哥”修理部。只见那女的，既没问我故障情况，也没用仪器测量，只是问清这种电视机新货要一千五百元，然后她打开电视机壳，用钳子拔出五六个元件后，便通电试机了。

天！屏幕上竟然真的出现正常的画面了！

“真怪！怎会拔掉几个零件就好了呢？”我禁不住问。

“这有啥奇怪的，我的胃就是割掉五分之四后，才会吃饭，才会干活的……昨天，我还去医院拔掉了三颗牙……还不是为了活得更好吗？”

她要了我300元修理费，并说这也是她的规矩：新货的五分之一。

我与她吵：“你没给我换零件，怎要这么多钱？”

她说：“三百元算什么？我的胃被切五分之四，医生也没给我换胃，却收去八万多元呢！”

几天后，我又来到了“老哥”修理部。

“电脑会修吗？”

“会！”

“若修不好，赔吗？”

“赔！这是我的规矩！”

“这台电脑你也能修吗？我是花了两万五千元钱买来的。若修好，我付五千元；若修不好，你赔我两万五！”我拿出从废品回收部找来的废电脑，对她说：“你开这店以来，破过规矩吗？”

她接过废电脑后，说道：“还像模像样的东西，就别想破我的规矩。”

她把这活接了，我心里暗暗高兴，这回让她出出血！

只见她还是用“拔元件”这老办法修理。今天，拔了十几回也没把这电脑修好。我得意地发现，她的额上出现了细细的汗珠。

我问她：“以前修过电脑吗？”

她没说话，只是停下活来给她自己倒了一杯水。

我说：“现在我给你一个机会，你认输——说修不好，把‘老哥’改成‘小子’，我不要你赔一台电脑。”

她喝了一杯水后，斩钉截铁地说：“像模像样的东西，没有不成事的！”

结果真如晴天霹雳。谁能想到，当她将电脑肚子里的东西全部拔掉后，通电试机，竟成功了！

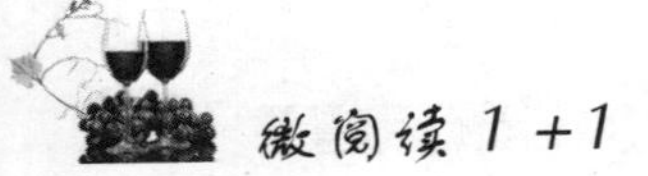


我被惊得目瞪口呆。

她用一块黑不溜秋的抹布擦了擦脸上的汗珠后，笑着对我说："当我想到我那没心没肺的丈夫和全身没一根骨头的儿子能痛痛快快地活在世上时，我就认定不会输，我一定能赢了你！"

她的笑容似一朵怒放的秋菊，那像一团乱麻的皱纹搅乱了我的心。

我脑子一片空白，所有思维顷刻间全停止了。

她见我呆呆地木立着，笑道："是否心疼修理费了？若被我说对了，说明你胸腔内还有颗心在跳。那我今天就破个例，只要你服了我，修理费就免了！"

# 失眠的张慢

张慢是张大妈的遗腹子。

张大妈含辛茹苦地将张慢抚育成人。

张慢从懂事起就很体贴母亲。二十五岁那年，张慢大学毕业，在好心人的帮助下张慢被分配到7城工作。张慢第一次领到工资后便将一半钱寄给在乡村苦居的母亲。

母亲收到汇款单后很激动，拿着汇款单跑了大半个村子，到处请人“认”汇款单上写着的字。

十三年后，张慢在城里“房改”时买了一套两室一厅的居室。尽管是廉价房，但却足以“困”倒张慢。

张慢尽管已属“超大龄青年”，但仍无“象”可对。他独自一人在黑夜里常常会想到娘。

那一天，张慢终于将母亲接到城里去了。

不知何故，一个星期内，张慢发现母亲精神总是很疲惫，人也消瘦了许多。张慢问母亲是否生病了？母亲支支吾吾地说没病，只是晚上睡不着觉。

张慢要陪母亲上医院，母亲坚决不肯去，说大概是水土不服，过几天就会没事的。

然而，张大妈的“病情”却越来越严重。张慢在要“强行”将母亲送去医院时，张大妈说：“病根”只有我自己知道，上医院是没用的。张慢一听差点慌了神，疑心母亲患上了不治之症。

张大妈看见儿子忧心如焚，终于对儿子说：“娘知道你在城里过日子艰难，什么都得花钱。你买了这套房子后，娘知道你还欠着人家的钱。娘其实没病，只是晚上听到自来水的滴水声而睡不着觉……”

原来，张慢为了节省一点水费有意将水龙头调节到有水滴下，但水表却不会动的程度。如此，每昼夜也能蓄下一大桶水的。

张慢听后如释重负，对娘说："这点小事咋不早说？我晚上将水龙头关断就是了！"

果如其然，张大妈觉睡得好了。张大妈精神渐渐地得到了恢复。

然而，细心的张大妈却发现，儿子的精神却越来越不好了。张大妈问儿子，是否碰上了什么为难事？

张慢说没碰到什么事。

母亲说，是否晚上听不到自来水的滴水声而睡不好觉？

张慢摇了摇头后说："晚上我是听到邻居家的自来水滴水声而失眠的……"

"……邻居家的滴水声……你也能听到？"张大妈半天也没缓过神来。

# 龙 椅

北京故宫太和殿。

导游小姐指着安置于殿内正中的龙椅对众多游客说道："这把龙椅，就是封建社会至高无上的统治者的宝座……"

忽一青年游客闯过警戒线，径直快步走到龙椅边，一屁股坐到龙椅上，口中惬意地叫道："今天，让俺也过过皇帝瘾！"

臂戴袖章，负责保安的两名故宫工作人员，立即向前将那坐上龙椅的青年游客"请下"龙椅，并对众人和那青年游客说道："私自乱坐龙椅，罚款一百！"

话音刚落，那刚坐过龙椅的青年游客立即从怀里取出一叠崭新的百元钞，对保安员说："钱我有，龙椅再让我坐一会！"

其他游客闻言，也纷纷取出钞票，将钱握在手上，并很快自觉排成长队，几乎是异口同声地叫道："让我也坐一坐龙椅！"

"……"

# 别高兴得太早

早听人说，女人心眼多。我原本不信，可如今我是真的服了。那天，我兴冲冲地讨好妻子："今天花了二百五十元钱买来了一套不锈钢餐具。比批发价还要便宜六十多元呢！"

谁知妻听后并不高兴，不冷不热地说道："假货，只需百把元。"

我一听觉得有些不对劲，忙辩解道："能假吗？那是我从最要好的高中同学王宇的摊位上买来的。"

妻说："如今是白日鬼迷熟人。既然你们是最要好的同学，那他为什么不白白送给你一套？"

被妻这么一说，不免勾起了我与王宇的一段往事来。我与王宇同学的关系在高中阶段的确是非同一般的。两年同桌，同吃同住，形影不离，就是上厕所也是两个人一同进去一块出来。作业总是我代他做，扫地值日总是他代我做。反正，智力问题我解决，体力问题他承担。两人取长补短相得益彰。可是好景不长，我应届考上了大学，而他却连考两年都名落孙山。我给他写信，他却不给我回信。我去他家找他，他却有意避而不见。就这样我俩的关系从此中断，各奔前程。

那日，我出差去义乌城。想起闻名全国的小商品城，便特意去逛了。在中国小商品城内，无意间发现了在守摊位的王宇。那份惊喜，自然是非一般言辞所能形容的。只见他很有"老板"气派，说话豪放，举止干净利落。早已不是我心目中的那个王宇了。就连从他口中吐出的烟圈看去也分外悠闲。我问他生意如何？他回答："不错，想必比你们拿国家工资的要强些。每年弄它十几万元是没问题的。"

分手时，他硬要送给我一套不锈钢餐具。他说："这点礼物你就收下吧，你我兄弟一场不容易。就算是你我兄弟重逢的见面礼了。"

我说："当初我寄给你的复习用书、高考资料，你都如数退还。我今

天怎能白要你的东西。”

他说：“十几年前的事提它干嘛，你我今天重逢，也算是缘分未尽吧。我自己知道，我不是块读书的料，提起读书头就要发病。考了两年考不进，我抬头不敢见人。不过，我没考上大学，如今混得也不错。”

不知为什么，我始终不愿接受他赠送给我的那套不锈钢餐具。尽管我知道他是真心的。最后，我俩终于达成协议：以进货价“卖”给我一套不锈钢餐具。临别时，他递给我一张名片，一再叮咛：“有事找我!”

我歉意地笑笑：“我可没印名片。”

他说：“我很忙，否则一定去你那登门拜访。”

妻子说：“二百五是什么意思？你呀，被人家耍了，还蒙在鼓里呢!”

我说：“管它二百五还是五百对半分的，只要货真价实不就得了。”

妻说：“假货可就亏了。”

我说：“这一点我是敢保证的，他绝不会以假货来骗我的。”

妻说：“上次，你到你表姐家给我买的那件皮大衣，你不是也敢保证货真价实吗？无商不奸啊!”

我说：“不锈钢是真是假鉴别一下是很容易的。报上说，用磁铁吸一下便能鉴别出来。”妻闻言，马上要我去借块磁铁来。

原本，我坚信王宇是我最要好的高中同学，他是一位正人君子。但被妻的“耳边风”吹了一阵后，我已不敢拍胸脯向妻保证他还是我的最要好的同学了。古人尚知，士别三日，当刮目相看。何况我与他一别已有十几年了。

为了弄清王宇对我的“友情”是红是黑？我便听从妻言，到邻居家里去借来一块据说能鉴别不锈钢真假的小磁铁。

匆匆回到家门，我却忽地心慌起来，不敢将钥匙插进锁眼里去。我真担心会失去一位离散十三年，日前才偶然重逢的故友。毕竟他是我唯一的要好的高中同学呀!

妻听到我的脚步声，走过来将门打开了。

“磁铁借来了?”妻问。

我不愿骗妻子。我想如果连在自己的爱人面前都要“留一招”的话，那这世上还有谁可信赖?

妻子从我手里一把抓去磁铁。测试的结果是，我不但被妻子改名为“二百五”，而且还被妻子任命为“副家长”。她的理由是她比我更能

“适应”时代。以后的家政得由她说了算。

古人说，吉人自有天相。这话一点不假。

不久，我从一张小报上偶然读到一篇《磁石不能完全鉴别不锈钢》的文章，欣喜若狂。我马上将这张报纸奉到妻子的面前，立即要求妻子为我正名和还“政”于我。

谁知，妻一把搡开报纸，摆出一副一贯正确的姿态，指着我的鼻尖说：“别高兴得太早，说不定明天的报纸上便有一则《更正启事》呢！”

# 笑 狗

红楼神堡的第一大学士金司长又把自己关在了书房里，拿着放大镜，认认真真地翻阅起他自己的藏品——388本集邮册，其妻蓝纱就知道他又遇到了非常棘手的问题了。

金司长虽然酷爱集邮，通常只知道收和藏，平时根本不会去翻邮册，只有在“一筹莫展”的情况下，他才会认认真真地去翻去看去阅去审去查去点自己库存着的花花世界、朗朗乾坤——通常总会擦出灵感的火花，想出解决问题的方法与方案来。当年，领导任命他当司长专管狗事时，他就把自己关在书房里翻阅集邮册整整两天两夜的。

五天四夜过去，妻子蓝纱丝毫不见丈夫有“解套”的迹象，愈发慌乱与谨慎起来。越是在困难的时候，金司长越不准妻子打扰，弄得结婚22年的妻子只能像贼一样蹑手蹑脚地将耳朵贴近房门偷听书房内丈夫发出的任何音响——可是书房内的响动却愈来愈少。

要是丈夫被饿晕了，或是心脏病复发了……蓝纱越想越怕，终于找来一高一低两条凳子作垫脚，爬到书房的窗户上去偷看里面的情况。

真是不看不知道，一看吓一跳！书房里面集邮册丢得乱七八糟，一片狼藉，但就是见不到人！

“人呢？人呢？老公——你在哪里呀?”蓝纱顿时脑袋里像着了火，禁不住大声嘶叫起来。原来，金司长正好在妻子找凳子上窗台的时候走出了书房。

“喊啥！喊啥！喊魂呢?”蓝纱的背后忽然传来丈夫的厉声呵斥，悲喜交加的蓝纱转头见丈夫活生生地站着，没出一点事，使不顾一切地跳下窗台，扑到丈夫的怀里痛哭起来！谁知，这一扑——她的左手掌上的拇指食指中指的指甲在丈夫脸上划出了三道长长的红血痕。

妻子的这一扑一哭，终于使金司长明白了一个事实：名利地位皆虚

幻，唯有亲人恩情真如铁。红楼神堡的堡主为了搞到一只会笑的狗，竟然大肆滥耍淫威，一再给下属加压，威逼利诱全用上，既成立笑狗研发中心，又开办狗笑实验学校，结果害得38899名高级科研专家沦为狗学专家，且因完不成任务而发配到狼疆做狼仆；结果害得63972名杰出笑星因培养笑狗不得法而名誉扫地，丢了工作（其中绝大多数笑星逢狗就会笑，见人却再也不会笑了）。

妻子的这一扑一哭，终于使金司长作出了一个重要决定：上周正式通过鉴定的这条培育了十一年（抗日战争只用了八年），体现红楼神堡科学家最新成果最高成就的真正会笑的狗，是无论如何都不能送到堡主那里去的，否则人的地位会进一步下降，而狗会越来越得宠，狗势必将似北京、上海、深圳的房价般提升。金司长悲叹道："一条会摇的狗尾巴竟然胜过万千有良心的人，一张会笑的狗脸，真不知会把世界颠覆成什么样子啊？"

金司长马上接通了堡主的电话，向堡主报告笑狗已经培育成功，要求尽快派堡主专机来接送。堡主闻报，大喜，欣然答应。

八小时后，堡主专机来到。

金司长挑选了二十四名贴身侍卫，认真检查了专机上的粮油后，带上妻子，护送笑狗登上堡主专机。只是专机没有往堡主指定的地方飞去，而是急匆匆地投向地球而来。

经过长途跋涉，专机终于平安降落到地球上。金司长受到了地球人的款待，成了地球村的特级狗长官。让金司长不明白的是，笑狗来到地球上后竟然慢慢地改变了模样——越来越像人了！

三年后，金司长被地球人送进了精神病院，原因是他把朝他笑的人都当作了——狗！

# 逃离地球

近一个月来，止乌教授夫妇总做一个相同的怪梦，夫妇俩只要一合眼马上就看见弥勒佛和无常鬼一前一后欢快地跑过来叫爸爸妈妈。佛、鬼同来，不知是祸是福，是凶是吉？弄得止乌教授夫妇整日魂不守舍。

止乌教授夫妇虽是唯物论者，但夫妇竟然长时期做相同的怪梦，总觉蹊跷，整日惶恐不安，以至于两人每天晚上不敢轻易睡觉。

也难怪止乌教授夫妇要愁忧，毕竟令他们自豪的那对双胞胎儿子平平与民民远在天各一方的企鹅星与蚱蜢星上留学。8 年前，作为全球第一对同胞兄弟被地外文明星球的大学录取而公派出球留学，止乌教授一家人真是如旭日东升，风光一世！不但平平与民民成为全球学子的楷模，而且原本默默无闻的止乌教授夫妇因“母凭子贵”而成为全球名人，光他俩的合著《育儿心法》就如春风扫遍大地，几乎每家一册了。然而，喜极忧来。从遥远的企鹅星与蚱蜢星上传回信息，平平与民民皆因“水土不服”，一进新环境便被送进医院治疗，弄得止乌教授夫妇每日以泪洗面，后悔当初不该贸然“去吃第一只螃蟹”。可是，上个月传来的消息不是说平平与民民的身体经 8 年治疗后“完全健康”了吗？怎么还会常做怪梦呢？难道平平与民民的身体状况又有了新的变化？止乌教授夫妇整天疑神疑鬼，虽怕乱想，却又止不住地乱想。

这天半夜，止乌教授夫妇又被怪梦惊醒，两人因挂念游子而抱头痛哭。忽听房门被敲得山响，又清清楚楚地听见有人叫：“爸爸！妈妈！”

是久违了的平平与民民的声音！夫妇俩顾不得是梦是真，匆匆开门迎接。

天哪！门外赫然站着一个弥勒佛与一个无常鬼！止乌教授夫妇立时被吓昏了。

经过七天八夜抢救，止乌教授才清醒过来，可怜的是其妻因心肌梗

塞再也没活回来。

真是天方夜谭。

原来，平平与民民真的回来了，吓倒止乌教授夫妇的正是他们日思夜想的宝贝儿子平平与民民。企鹅星人个个很胖，都像弥勒佛一样，按他们的标准，平平当然是严重的营养不良者。经过8年的“治疗”，平平的身体已达标而“健康正常”，从医院出来，平平就急急去办理回乡探亲的手续。可是，蚱蜢星人与企鹅星人差别很大，蚱蜢星人个个骨瘦如柴，皆似骷髅。在蚱蜢星上，民民被诊断为严重的肥胖症患者、心脑血管病人，说他随时会中风、偏瘫。经过8年的“治疗”，民民已基本符合“健康标准”，医院才很负责任地把他放出来。兄弟俩心意相通，虽事先没有互相联络过，然“病愈”后第一件事都是“回乡探亲”，真是隔不断骨肉情，舍不弃故乡亲啊。

弄清原委后，可怜的是，在医院各“治疗”了8年的平平与民民，又被送进医院治疗，一个要紧急减肥，一个要紧急补养。

平平坚决抗议，他说：“我根本没什么不适，身体健康得很，能吃能睡，脑子清晰，思维敏捷，舒坦着呢！”

民民也坚决不同意进医院，他说：“目前一切感觉很好！地球人所谓的科学难道就是整个宇宙的真理？住了8年医院，怎么又要进医院？去外星水土不服，回地球了怎么还是水土不服？你们看不惯我就要我进医院，而我看不惯你们却没要你们进医院呀！”

止乌教授闻言后暗自伤神，不禁叹息道：“没想到仅8年时间，地球上一对杰出的博士生，身心被摧残得如此不可救药……真是环境改造人哪！”

终于，平平与民民被关进了医院。

在没有说理余地的情况下，平平与民民暗地里向企鹅星人和蚱蜢星人发出呼救信号。

21天后，平平与民民在特级精神病院突然失踪，仅留下一张字条：

“爸，妈，地球上没有外星人居住的原因终于被我们找到了！能得到这一巨大研究成果，我们就可以得到‘绿卡’，成为留学地的永久居民了。”

止乌教授读过平平与民民留给他的字条后明白，他的两个宝贝儿子已永远别地球而去了。

可叹的是，在匆忙逃离地球的时候，慌慌张张的平平与民民上错了同时到达的分别来自企鹅星与蚱蜢星的无人驾驶救援飞船……

# 天气预报

红楼神堡的第一美女晴雯小姐失业了。

这是我今天得到确认的事实。真没想到，在凤村我会巧遇大名鼎鼎的晴雯小姐。更没想到的是，她竟然会邀我去做客。

晴雯小姐虽然失业了，但还是那么漂亮。

如今，她失业在家，选择了养宠物狗为业，这是我“无法预料”和“不可想象”的。

不知是晴雯小姐牵着狗，还是狗牵着晴雯小姐，反正我看到的景象是，晴雯小姐的手里握着一条皮带，这根皮带一直连着狗脖子上的五赖皮环，但是狗却一直走在晴雯小姐的前面，始终不紧不慢地保持着3米左右的距离。

狗一直把晴雯小姐带到了家里，我跟随晴雯小姐到了她的家里。

走进晴雯小姐的茅屋，我一下子就被吓呆了，十多只虎视眈眈的狗不知从哪里窜出，一下子就把我团团围住，它们的身子全部似一张张被拉紧的弓，正瞄着我，随时准备向我猛扑过来。

我一下子全身汗毛根根倒竖起来，不由得蹬起马步、掏出蓝本本，大吼一声：“我是记者，看谁敢动我!”

怎么也没有想到，我的“一声吼”，竟然引出晴雯小姐“咯咯咯”一长串银铃般的笑声。

更没有想到的是，那些龇牙咧嘴的畜生听到晴雯小姐“咯咯咯”笑声后，全部立即化“敌”为“友”，放松皮毛，摇起尾巴，亲热地走过来轻撕我的裤管、舔舔我的袜子，最大的这只狗还像人一样站立起来，用前爪来拥抱我……

我恐惧威胁，也恐惧亲热，只好求晴雯小姐“放过我吧”，晴雯小姐喝了一声“退下”，这些狗就各自散开了，不再来烦我。

原来，这些畜生早已被晴雯小姐调教成“一级保镖”了，只要有“客人”来访，就给他来个下马威，只要听到晴雯小姐“咯咯咯”的笑声，“一级红色预警”就算解除。

晴雯小姐告诉我，虽然“练兵已过千日”，可还是“第一次实战演习”，原因是自从她失业以后，还没有一位“老相好”到她的出生地看过她。

经过3小时的采访，我终于基本了解了晴雯小姐的发家史和衰败原因。

原来，晴雯小姐出生于贫苦人家，老宅四周都是泥墙，上面是茅草，全凭勤奋与刻苦，考上了省城大学，成为凤村第一名大学生，乐得全村人都为她放鞭炮。大二暑假，到稻香茶楼“勤工俭学”时被常客“宝二爷”贾宝玉看中，从此她“傍”上了贾宝玉。

在贾宝玉的关照下，大学毕业后的晴雯小姐顺利地进入“央视气象频道”工作，这是一份老百姓人人羡慕的高工资高待遇省力气的闲活。轮到值班时，晴雯小姐只需在“新闻联播”后向全国人民“现场直播”5分钟天气预报。每个月只需工作三天，原因是单位里同事很多，大家都是“有来历”的，都是“有福之人”，单位领导只能“一碗水端平”。

四年前的9月11日，纽约县下了一场“300年不遇”的“8.1级”超级暴雨，6个小时内就下了“512毫米”雨量，整个纽约县“成了汪洋一片”，造成“被淹死和失踪的人数”超过96万……然而，在当天的央视天气预报里，人们却看到晴雯小姐“笑眯眯”地播报：“今天，有关部门在纽约县进行人工降雨作业……”

举世震惊!

要不是“宝二爷”保护，晴雯小姐定被“活剐了”。

“为什么会开这么大的玩笑?”

“这是老天爷在跟我开玩笑！纽约县自古以来就缺水，十年十旱，每次下雨，都没有超过10毫米的雨量。最早把老天下雨说成人工降雨的贾元春受到嘉奖，成了准国母。从此，200年来大家都这样……他们……一个个都升迁走了……怎么也没有想到，大家约定俗成的规矩……却偏偏让我遭了殃……”

“人家都说你那天是精神失常……”

“那时，我根本没有精神失常，可是，现在我真的是精神失常了……虽然养了这么多的狗，可我晚上还是睡不安稳……老是梦见有人来追杀……”

说着说着，晴雯小姐禁不住“呜呜”大哭起来。

# 阿拉米上厕所

阿拉米逛了红楼神堡半天，忽然觉得内急，遂四处张望找厕所，却偏偏闻不到他所盼望的臭气，更见不到“公共厕所”的指示牌。

正当火燎火急之际，阿拉米发现前方不远处有一座高大的政府办公大楼，心想公务员肯定也要解决内急问题，大楼里面必定有厕所，于是他就急匆匆地奔过去。

忽然想到口袋里没有擦屁股的卫生纸，阿拉米不由得一阵心慌。没法擦屁股也是大问题啊！

幸好，天无绝人之路。阿拉米发现，政府办公大楼的围墙边角上贴着许多诸如“出售各种证件”、“私人侦探”、“性病祖传秘方”之类的牛皮癣广告，于是他就剥下三四张此类广告纸，塞进裤袋里，作为卫生纸备用。

大楼大门口有两名穿戴齐整的年轻保安站着。要是在平时，阿拉米是有点怕的，这次实在是有点熬不住了，心里直嘀咕：这大楼是用老百姓的钱造起来的，我也是纳税人，用一下厕所应该是有权利的，要是保安不讲理，那就脱下裤子把大便拉在大门口，看你怎么说！

阿拉米没拿正眼瞧保安，一直走进去。两名保安好像也没有看阿拉米，既没有阻拦也没有发问。阿拉米嘘了一口气，原来这些保安也像庙宇里的“四大天将”一样，专门吓唬那些胆小鬼的。

大楼内的厕所很容易找，就在电梯口的斜对面，标志很明显。走进厕所内，阿拉米第一次发现，厕所也有这么高档的，一点臭气也没有，很光亮很清洁，里面的一切都比他家里的客厅来得干净，更比他家里的厨房来得卫生。

匆匆拉下裤子，很利索地拉了一通，阿拉米这才想到去关上自己这个坐便小间的门。很快，阿拉米的肚子轻松了，脑子却忙碌起来，这么

好的厕所，难得享受到，真想多坐一些时间。更让阿拉米惊叹的是，里面有很高档的免费卫生纸，不但洁白柔软，而且有一股幽香，联想到自己在大楼外面急匆匆地找擦屁股的纸时，阿拉米感慨万千。

阿拉米首先把那些牛皮癣纸从裤袋里翻出来，丢进垃圾桶里，然后取一些免费卫生纸放进裤袋里，而后才用免费卫生纸擦净自己的屁股。

扣好皮带，拉上裤链，整了整衣服，按了按装着免费卫生纸的裤袋，阿拉米这才悠悠地去开自己这个坐便小间的门。

然而，门却无法打开，门上的那个把手像被焊住一般，一动也不动。阿拉米只觉得头皮一阵发麻，这厕所虽好，可谁也不想永远待在里面啊。

正当阿拉米准备大叫“救命”时，一个甜美的小姐声音响了起来：“尊敬的先生，您好！请您把免费卫生纸留下，然后再去开门！”

阿拉米被吓了一跳，怎么在男人的厕所间里藏着女人呢？

四处望了望，就这么四五个平方米的空间，怎么能藏着女人呢？终于，阿拉米发现，这女人的声音是装在门上的一只小喇叭里放出来的，原来这里装着电子监控！

阿拉米无奈地把裤袋里的免费卫生纸全部掏了出来，放回原处。果然，门，很容易地被打开了。

走出卫生间，阿拉米觉得很不是滋味，先是感到内疚，自己贪小便宜真丢脸，后是觉得政府太过分，连几张卫生纸都要监控，弄得自己很没面子。

阿拉米觉得自己肚子里的气鼓着难受，便重新回到厕所里，拉下裤子，装模作样地拉大便……然后，用免费卫生纸很认真地擦屁股，不但把原先放进自己裤袋里的那些纸全部用完，还额外又浪费了许多。最后，阿拉米很解气地走出了厕所。

十分钟后，阿拉米又回到厕所。这一次，他把里面的免费卫生纸逐张擦了屁股后，丢进抽水马桶，不断地用清水将它们冲到下水道里。到底浪费了多少卫生纸，到底花费了多少时间，阿拉米不知道，但他很清楚地知道自己的屁股被柔软的卫生纸擦得有些火辣辣。

阿拉米怎么也没有想到，免费卫生纸全部用光时，门上的小喇叭里又响起了甜美的小姐声音：“尊敬的先生，您好！我们的服务做得不够到位，出现卫生纸‘财政赤字’，给您添了麻烦，对不起！请您用内裤当卫生纸使用，由此造成的损失我们会以十倍的价钱赔偿于您。请您到财会

科 3 楼 3018 室去领上厕赔偿金。关于您的有关信息我们已及时向财会科报告。”

阿拉米很开心地走出了厕所，他坐上电梯去了 16 层。阿拉米觉得，上厕所也能长许多见识，自己应该多去体验体验其他楼层的厕所，而不必急于去 3 楼领取上厕所赔偿金。

# 一生疾病三岁前治愈

第一宾馆宴会大厅流光溢彩，觥筹交错。

“只要比别人先走一步，就是成功！”

面对众人的吹捧，金老板那双布着三四根血丝的鹰眼扫视了众人后，晃了晃被他那左手掌托了半天的盛着大半杯红葡萄酒的高脚杯，然后伸出右手拍了拍我的肩膀对众人说：“黄克庭是我最敬佩的同学，是高中同班同桌的同学，又是同室同铺的同学。我一直记着他高一第二次大考后对我说的这句话——只要比别人先走一步，就是成功！可以这样说，我金某能有今天，就是因为一直铭记这一名言……今天，我要单独敬老同学三杯，请各位不要怪我偏心！”

众人欢呼。我却既兴奋又尴尬。兴奋的是，梦城首富金老板在宴会上给足了我的面子；尴尬的是，走上社会的二十多年里，在学校考场上的优势被世风一扫而光，四处漂泊，若不是孔老先生的门徒们的扶贫措施得力，我连个“自由撰稿人”的身份也保不住！金老板的奉承话，不正是对我这个长期跟不上时代步伐的人最大的讽刺吗？

金老板很豪爽，一下子连干了三杯酒，然后向众人亮了亮空酒杯，说道：“先干为敬！”

我只有一杯的酒量，但我这次却坚决地喝了三杯酒。众人鼓掌。我忽然觉得，自己这半辈子之所以事业上无建树，是因为自己一直不敢去突破“原我”。比如这酒量，因为我一直守旧，总是“一杯而止”，所以至今仍只是“一杯”的量。而金老板则不同了，他原先也只有“三杯”的酒量，经过二十多年的南征北战，他至今早已是千杯不醉的酒仙了。

金老板对我的“三杯”很惊讶，他说：“黄克庭今天怎么换了个人？”随后他又很体贴地叫人扶我到休息室躺一下。他自己继续陪客人喝酒。

我全身软绵绵地躺在沙发上，虽感浑身燥热，胃部翻涌，但脑子却很清楚。

金老板确实是一名杰出的能人。我很佩服他。改革开放初期，正当世人迷恋机关之时，他却勇敢地下海经商去了。别人爱慕自行车时，他做起了摩托车生意。别人做摩托车生意时，他开始买地皮炒房地产了。别人炒房地产时，他开始卖轿车了。别人卖轿车时，他开始做私人飞机了……

等我酒气散去，不知过了多少时辰，宴会早已结束，客人早已走尽。我忽然想起：今天是来庆祝金老板的小公子出世 8 个月的，还没见过小公子呢！

我驱车来到金老板的别墅，守门人告诉我："金老板到医院陪小公子去了！"

我惊问其故。守门人告诉我，小公子出世后一直在医院里，从未到过家里。我问小公子患了什么病？守门人说小公子没患病，只是听说以后会患病。我一听，笑了："任何人以后都会患病的，等患了病再住院治疗就可以了，怎么可以到医院等病发生呢？"

"有病治病是平常人，无病早防才是聪明人！先走一步，才是成功之理啊！"守门人告诉我，经基因检测分析后得知，小公子 25 年后会患左胫骨炎，36 年后会患颈椎炎，39 年后会患腰椎间盘突出症……昨天小公子已动过手术，左胫骨、颈椎、腰椎全被高科技产品纳米人造骨替换了……金老板说，为了小公子 80 岁以前拥有真正健康的身体，该换的器官全部在三周岁以前换好！

我大惊失色，忙赶到医院。在特级护理病房里，只见小公子被白纱布包扎得像个小白人，一边在输液，一边在吸氧。我心头阵阵发痛，一个出世才 8 个月的婴儿要提前承担 25 年后、36 年后、39 年后的病痛折磨，是谁的不幸谁的悲哀？

"你这是造孽！"我愤愤地斥责金老板。

"当初我下海时你也这么骂过我……"金老板胖乎乎的双手抓住我的左手，轻轻拍了拍我的左手背说，"现在孩子的三魂七魄还没有长全，懵懂无知，不知道痛苦……狠狠心，烧点钱，先让他受些苦，给他创造一个美好的未来……这是天下所有父母的梦想啊。相信，孩子长大后，会感激我这个好父亲的……"

# 考古学家

没有人知道他是哪国人，没有人知道他到底活了多少岁，没有人知道他姓甚名谁，没有人知道他到底翻过了多少座山、趟过了多少条河，没有人知道他到底跨越过多少个国家。人们只知道他是一位考古学家，只知道他是一位“没能取得惊世的成果便不肯死去”的敬业家。

那天，他终于走出广袤的古原，走进20世纪的中叶。当他惊喜地发现一段现代人铺就的水泥公路时，他那失望了不知多少年而又始终不肯绝望的苍老的眼睛顿时显露出异常的光芒。他反复考察了水泥公路的化学成分，终于肯定地得出它属于火山爆发时喷出的岩浆类物质。于是，他拚命寻找喷发这“岩浆”的“火山口”。然而，不管他如何努力，始终找不着“附近”有“火山口”。他惊叹：这实在太神奇了！这些火山喷发时才能出现的岩浆到底从哪里来的呢？他苦苦思索着。

突然，他又有重大的发现：水泥公路上有一只完整的，深度达1.23厘米的“人类”的脚印。于是他立刻运转起他那尽管已经老化，却依然想象丰富的职业脑子。他的眼前慢慢地浮现出一幅幅生动的画面来。一座火山熊熊喷发，伴着震耳欲聋的声响，从火山口喷出的巨大气柱直冲云霄。火山灰将整个天空笼罩得一片昏暗。忽然，一股岩浆如脱缰的野马从火山口倾注而下，惊恐万状的一群古人四处奔跑。一位慌不择路的古人，一脚踩进了滚烫的岩浆里……

然而，他又很快否认了自己的猜想。因为他知道，没有凝固前的岩浆是很烫脚的。而留在水泥公路上的脚印显然是“悠闲”而又“沉稳”的。在那逃命的时刻，古人不可能那么“潇洒”！从“悠闲”、“沉稳”上看，这脚印应该是在“完全不烫脚”的时候踩出来的。然而“完全不烫脚”的时候，岩浆却是早已凝固的了。在凝固的岩浆里要踩出深度达1.23厘米的脚印，这个古人该有多重呀？

计算古人的体重，对于这位考古学家来说并非难事。经过他三天四夜的繁复的计算，他终于得出了一个令他自己震惊的答案，即古人的体重至少在二万公斤以上！

面对如此重大的发现，他兴奋的脑子忽又沉静下来。他认真地反复地审查了每一个计算步骤。当他坚信，他的计算步骤和计算结果都是不容置疑的时候，他那一向沉静的脑子立刻高度兴奋起来。地球上曾有过体重达二万公斤的“人类”，这无疑是一个“惊世之作”。

他终于写出了一部“地球上曾有过恐龙型巨人”的考古专著。由于“巨大成功”的冲击，他那经历了几个世纪的苍老的顽固的脑子终于发生了脑溢血。

当人们发现他的遗体时，都惊奇地发现，他的面容是那样地安详和满足。

许多许多年后，他被尊为“考古祖师”。

# 曹雪芹自焚《石头记》

曹雪芹先生在悼红轩中披阅十载，增删五次，终于写出了旷世奇书《石头记》。为了自费出版《石头记》，曹雪芹变卖了大部分家产，好不容易凑足了五万元钱，交给红楼神堡的警幻仙子出版社出书去了，结果落得个“举家食粥酒常赊”的地步。

书印出来后，出版社只留下30册样书，以作存档之用，其余4970册《石头记》全部叫曹雪芹运回家中，弄得曹家那不足四十平方米的蜗居“四壁皆书”——人在其内，睁眼必见“石”，手触必是“记”。曹妻与曹子无法忍受，终于不辞而别，南下广州当民工去了。

为了销书，曹雪芹不知搞了多少次“签名售书”活动，不知做了多少次文学讲座，然效果都不佳，常常是搞一次活动，只销出一位数的书册，有时只能销一二册，还都是一些熟人因可怜曹雪芹的尴尬境况而掏腰包购书的。书买走后，他们背着曹雪芹又都将书卖给了收破烂的人。夜深人静之时，曹雪芹悲伤地摸摸垒得像山一样的书，不禁喟然长叹：“写书——满纸荒唐言，卖书——一把辛酸泪！出书——都云作者痴，读书——谁解其中味?”

这一日，曹雪芹厚着脸皮亲笔写了88封书信，分别寄给自以为有可能帮他销书的亲戚（不论远近）、朋友（不论新老），其言辞之恳切、态度之恭谦，早把他自己的鼻子打造成醋罐子了。

寄出信后的第28天，曹雪芹终于等来了4路消息，现分别辑录如下。

内弟贾雨村是富贵乡中学的校长，回信的大意是：如今，学校的图书发行全由上级主管部门垄断控制，校长无权给学生购书。不过，上有政策下有对策，办法都是人想出来的。书簿虽被上级垄断经营，但学生上厕用的手纸——学校仍有权购买。因此，贾雨村告诉曹雪芹，他可消化800册《石头记》，全校学生人手一册没问题，只是要把销书发票写成

“手纸款”，才能骗过上级审查部门。

表叔贾琏是虚谨镇人民政府的办公室主任，回信的大意是：销书发票要写成“餐饮费”才能报销，运去的200册书，等费用结算清楚后，可去拿回来，另销！

同学之子贾宝玉是柔仁县主管教育的副县长，回信的大意是：销书发票要写成“换自如牌小车轮胎”款，款额一万元以下皆可报销，等价的《石头记》他会当作“结对帮扶”特别礼物转赠给没人懂中文的可可里耶斯夫部落的大学图书馆！

侄女婿薛蟠是花柳市常务副市长，回信的大意是：热烈并隆重地祝贺曹雪芹出书，请曹雪芹速去领钱六万元（比所有出书费用还多），说是其秘书已经以“曹雪芹教授（来花柳市）讲学费及曹雪芹教授讲学期间三陪小姐工资”的名义将钱领出。信末，特别注明：书，不必送去！钱，快快来取！

当天深夜，曹雪芹蜗居忽起大火，烈焰照亮了大半个神州……

等大火熄灭后，人们再也找不到曹雪芹的任何踪迹，人们能够找到的只是被砖石压着而幸存的一本仅剩前80回的《石头记》。

# 孔乙己的狗学馆

阿拉米引同学孔乙己走进红楼神堡的狗学馆里，一下子就把孔乙己惊呆了！

这是一座让孔乙己马上联想起超级养鸡场的特大型建筑物。里面一间间面积约二十平方米的狗教室犹如蜂巢一样紧密相连且井然有序，往上细数了十几遍，孔乙己也没数清楚到底有多少层狗教室，举目扫视，也根本无法推测到底有几幢狗教学楼，总的感觉是“壮观”与“巨大”！只见每个狗教室的四周墙上都安置了电子显示屏（只要睁眼，一定能看到画面），每个电子显示屏至少有3平方米大小，每个电子显示屏上都播放着动画教学节目。虽然电子显示屏的背景上不断变幻着赏心悦目的自然风光画面和令人舒畅的电子音乐，但画面出现的狗教师所讲叙的内容却全部来自人类著名的传世之作《三字经》。

孔乙己随狗学馆馆长助理阿拉米边走边看，既好奇又惊叹！好奇的是，不知哪位高人想出要办狗学馆的，办这狗学馆的目的与意义何在？惊叹的是，红楼神堡的财力、物力怎会有这么大——竟然把狗学馆办得比中国的超级富贵子弟学校还要好！

不知不觉间，孔乙己和阿拉米来到了编号为“K3Y005”的狗教室门前，只见里面那条长着熊猫花纹的壮年狗正如痴如醉地摇头晃脑，一边低沉地呜呜轻哼，一边很有节奏地用尾巴拍打着自己的屁股，还时不时地在地上翻个滚。看得出，这是一条颇通人性的异常聪明的狗，这是一条学富五车、深得读书之妙的狗。

谁也想不到，阿拉米会突然闯进狗教室，狠狠地踢了一脚这条熊猫狗。阿拉米厉声骂道：“畜生，不好好读书，摇头晃脑开小差，书怎么读得好？”

熊猫狗被突如其来的“天灾”惊吓得跌坐在地上，但它还是伸着脖子朝阿拉米大声地吠叫了两声，以示申辩和抗议。

阿拉米又狠狠地踢了熊猫狗一脚，并咬牙切齿地呵斥道：“开小差，教训你，还敢顶嘴！”

熊猫狗顿时摇了摇身子，伸直四肢，高高地昂起头，又朝阿拉米大声地吠叫了两声。

阿拉米一时火起，连珠炮似的踢打着熊猫狗，并像泼妇骂街似的骂着：“不认真读书，你还有理了？”

熊猫狗很快被踢得瘫坐在地上，龇牙咧嘴，耷拉着脑袋，只知一个劲地呜呜哭叫……这让孔乙己不解的是：这遭冤打的熊猫狗怎么不会狗急跳墙地反抗呢？

孔乙己正当要为冤狗鸣不平之时，一个意料不到的事情发生了——

只见这条冤狗忽地振作精神，挺着胸脯昂着头，不吠不叫，对阿拉米的踢脚不避不躲，像木头一样硬生生地接受着阿拉米的打击。

冤狗的反常举动，反倒使阿拉米不知所措。空气似乎一下子被凝固了！静寂了七八秒钟之后，还是阿拉米打破了沉静：“不好好读书，就该打！就该打！就该打！”

冤狗毫无反应，仍像木头一样无声无息。

心情复杂的孔乙己要把阿拉米拉出狗教室。没等他俩走开，冤狗突然铆着全身力气，狠命朝后墙一头撞去——原来，这条通人性的熊猫狗受不了冤屈而自杀了！顿时，狗头脑浆迸裂，血流如注。可怜一条生灵活生生地被“读书”给害了。

狗会自杀！真是天大的奇闻！不知哪根神经被触动了，孔乙己变得很亢奋。当他随阿拉米走到编号为“Y08W103”狗教室时，发现里面的黑狗根本不读书而是在睡觉，于是，孔乙己也学阿拉米的样，走进狗教室，边骂边用脚踢黑狗。结果是，黑狗不但没有自杀，反而把孔乙己咬得遍体鳞伤！

在红楼神堡养了8个月伤的孔乙己终于弄清楚了心中的疑问：学富五车、满腹经纶的狗其兽性已完全消失，受了冤屈以后会选择自杀；那些根本不读书的狗，以及学业很差的狗是不好惹的，因为它们的骨子里永远充满着野性。

两年后，孔乙己花巨资承包了红楼神堡狗学馆的经营权，开发出“逼狗自杀”的娱乐消费项目和“狗杀”还是“杀狗”的博彩项目。

8年后，孔乙己的狗学馆连锁馆居然进驻了世界各大城市。据传，连我居住的这个县级小城也有人正在筹划此事哩。

# 坦荡诸达标

如今这年月，什么奇怪的事都会发生。你若不信，让我说一个给你听听。此事你大可不信，但我却不能不说，因为它在我的肚里已经胎动了许多年了。

诸达标，男，41岁，是我高中时期的同班同学。他虽貌不惊人，体质一般，却是我的同学中最有出息的一位。不幸的是，在他“春风得意马蹄香”的时候，却患上了一种怪病，至今已有8年。

要不是亲眼所见，谁也不会相信世上竟有如此怪病！

此病有三大怪：其一，症状奇特，衣服、裤子遮挡不住的地方，毫无异常出现——也就是说，我的这位恶魔缠身、病入膏肓的诸兄，当他穿戴整齐地站在你面前时，你绝不会想到他是一个病人。他的神气、举止、谈吐，是那样地完美和不可挑剔，直令我这个专攻疑难杂症而享誉半个“杏林”的医学博士汗颜！其二，病理奇特，任何先进的仪器对他都失灵。血压、血常规、尿常规、肝功能、X光、B超、CT、核磁共振……所有检查，全部合格。为此，不知有多少医师被诸兄骂得狗血喷头、体无完肤。其三，病历奇特，诸兄患上此怪病的8年里，他一直能吃、能喝、能睡、能说、能唱、能跳、能笑，唯一令其不安的是，四脚及胸腹（衣裤能遮挡住的地方）日渐萎缩，虽从来不痛不痒、不酸不麻，却似乎每时每刻都有干柴焦枯之“噼啪”声。两年前，他请我去为他检查身体，当他褪去所有的衣裤时，真是不看不知道，一看……吓了……一大跳！

五年前，我第一次为他全身检查身体时，只是发现他的四肢皮包骨头，肋骨根根可数，而这次，真似梦幻一般——他的四肢及胸腹几成木乃伊！一颗容光焕发、神采奕奕的头颅，一对刚毅强劲的大手，一双稳实丰隆的健脚，怎会长在一具被千年风沙刮尽油水的木乃伊上？难道是

某位电脑专家受梦神的委托而设计出来的电脑动画？否则，怎会大白天见到鬼呢？

当我一再确认眼前所见的“人间奇迹”真的是我的活生生的同学——诸达标时，不禁根根汗毛倒竖！造物主真是太刻毒了。

那时，我的脑子似乎一下子被“格式化”了。至今，我仍无法想起那天我是如何离开他家的。我只是清楚地记得，回来后，我高烧烧了整整七天，差点被误诊为“SARS”病毒感染者。

诸达标的妻子曾哭哭啼啼地跪倒在我的面前，说是无论如何要想办法救救她的家。她说，她的全部希望都寄托在我这个“博士”身上了。她说，为了治丈夫的病，她不知跑过了多少家声名显赫的大医院，不知礼贤下士地拜访过多少“身怀绝技”的土郎中，还不知上了多少回装神弄鬼的自称有神灵附体的人的当！她告诉我，为了治煞鬼，家里的床、灶、厕各移换过三次，祖宗的坟墓也先后迁过三次。

那些天，我一直心神不定，一边既拚命查找各种疑难杂症的医疗资料、与专家交换医疗信息，想凭我的能耐创造一个医疗奇迹，弄得我夜夜梦里都为诸兄炼丹找仙药；一边又认真看电视新闻，特别关注各个讣告的播出。我觉得，诸兄的时日不会多了，关于他的讣告一定很快会在电视上播出。那天，我忽地惊恐地发觉，我也得了那种怪病。我想，一定是同学的病毒感染到我的体内了，我似乎分明地听见手臂上、大腿上、胸部上的肌肉塌缩的“咔咔”声……不幸降临，人一下子便变傻了，竟不知以后的日子怎么过！这使我更关注诸兄的“讣告”。毕竟，同病相怜，他是我的“前车之鉴”呀。

然而，令人惊讶的是，经过既漫长又短暂的九九八十一天时间，一则关于“诸达标”的新闻终于被我看见，那是一则“升职”消息，说是诸达标到市里当领导去了。

我几乎日夜为诸兄的生命而担忧，只怕他像美丽的肥皂泡，随时会消失。然而，在神秘而神圣的时间老人面前，我越来越坚信一个事实：吉人自有天相，人间奇迹不需要科学支撑。理由有三，一是诸兄至今仍健在，前天晚上的电视上，我清楚地看到，他又神采奕奕地向全市人民作报告；二是从网上获悉，据大千世界卫生组织调查，诸达标患的怪病是“身不由己”类人的“GUANLIAO”病毒引发的常见病，虽无药可治，却不影响寿命。得此消息，我欣喜万分，特地与诸兄对饮了整整三天。

如今，诸兄已根本不介意自己的怪病，知道其病不影响寿命后，他便坦然“解密”。不过，为了保健，他非常注意锻炼身体，市民经常可以在电视上看到诸兄只穿着一条短裤与人赛篮球的实况转播。每每如此，电视机前总是热闹非凡，只是本人始终不知，无比激动的市民到底被诸达标的“精湛”球艺所折服，还是被诸达标的“魔鬼身材”所吸引？

# 要不骗人也真难

父亲从裤袋里掏出一包烟，很利索地抽出一支塞进了嘴里，尔后把烟盒递给我。我没有去接，我说："戒了快半年了！不抽了！"

父亲把烟盒塞回裤袋里，掏出打火机点着了香烟，狠狠地吸了一口，瞬即一阵咳嗽声很快盖住了街市车水马龙的喧闹声，我说："爸，你也戒了吧！"

父亲没有回答我的话，那只夹着香烟的右手扫了扫眼前的马路后说道："13 年前，这里全是田地，没有一点房子，如今可变成了市中心了，满眼高楼，不比杭州解放路差，变得真快啊！你瞧，那白天鹅大酒店——原来是我们家的自留地啊！"

父亲要带我去看看从我家自留地上造起来的白天鹅大酒店，我尽快劝阻道："要过六车道的马路，危险！现在是车流高峰期，你看，车挨着车，这边三排车，那边也三排车，他们都忙着赶回家吃晚饭，太危险了！"

华灯初上，路上的人流显得格外匆匆。

"如今这年月，要不骗人——也难！"父亲边说边把还剩下大半支的香烟扔进了路边的垃圾桶里，然后，他告诉我：138 天前，有一位漂亮的姑娘将小车停到父亲的跟前，摇下车窗玻璃，很礼貌地问父亲："老伯，白天鹅大酒店往哪边开？"父亲对她说："我没听过更没见过白天鹅大酒店！"姑娘说，她是来参加朋友的婚礼的，朋友告诉她白天鹅大酒店就在这红绿灯的附近。父亲很坚定地告诉姑娘说："这附近绝对没有白天鹅大酒店，我是这里的居民，住在这里 71 年了，从没离开过，附近有这大酒店我会不知道？"

我说："白天鹅大酒店离这不过两百米，又是在我们家的自留地上建起来的，你怎么会不知道？"

父亲说："以前，这座 17 层高的大楼叫'夜来香宾馆'，由于经营不善，半年前换了主了。那天，刚好是大楼更名后开张的第一天，我哪里知道……没想到，我是那么认认真真地骗了一回问路的姑娘……"

我与父亲在人行道上并排着边走边聊，忽地被一小青年搡了，我正欲开口骂人，那小青年边跑边回头道歉："对不起，对不起，赶车！"

一辆"222"路公交车正驶向前方三四十米远的公交车停靠站。父亲笑道："97天前，一对小夫妻抱着一个五六个月大的婴儿，就在这个地方问我：去火车站坐几路车？我说：去火车站很麻烦，要转三次车，先过马路到前面的街道，坐8路车到市政府大门口，然后……"

我打断父亲的话："222路车直达火车站，我昨晚就是坐222路车回家的，干吗要先过马路到前面的街道去坐8路车？"

"222路车开通至今才108天，那对小夫妻问我时，我根本不知道这件事，因为这路车开通才十来天，我根本不知道！"父亲摇摇头，叹了一口气说道："活了七十多年，从没存心去骗人……可偏偏又认认真真地骗了别人！如今这年月，要不骗人……也真……难哩！"

父亲又掏出香烟，习惯性地叼在嘴角上，只是并不急于点着它。由于香烟含在嘴上，父亲只能含含糊糊地说着话，更像是自言自语："七十多年了，一直生活在这里，到头来却不清楚这里的变化有多大……常常说错话，认错路……真难为情啊！"

父亲终于把烟从嘴里取下来，对我说："我成天逛街和坐公交车，是为了做一名合格的老居民，毕竟我是这片土地的老主人，我要像以前熟悉田里的庄稼那样熟悉这里的商店和公交，免得再去认认真真地骗外地人！可是，我说的这些话，你的娘就是不相信！她总以为，家里的房租每年有十多万，男人钱多就变坏——钱让我花心了，不顾家了，要到处在外面寻开心了！她怎么就不肯相信，有钱的男人还要脸皮还要良心和道德呢？真是烦死了！"

父亲终于又把香烟点着了，深深地吸了一口后又是一阵热烈的咳嗽。一名右手提着一只大布包、左手捏着一张十元钞的中年妇女向我问路："莎娜娜洗脚店怎么走？我女儿在那里打工快一年了。"

父亲接过女人的钱，对她说："他是我儿子，三年多没回来，不可能知道那地方，开出租车的也不知道！我陪你去！"

父亲转身对我说："你先回家去，帮我想想法子，怎么去哄哄你娘……弄出个她会相信的理由来，这年月，要不骗人——真是太难了！"

父亲的末句话，让问路的妇人听得一愣一愣的！

真没想到，约父亲出来散步是想解决母亲交给我的问题，却被父亲临门一脚踢到了我的身上！

# 千张焐肉

“千张焐肉”是我家乡的一道名菜。虽是名菜，却并不金贵。二至三份千张，一份半精半油的猪肉，放入砂锅内，加上适量的水、姜、酒后，用文火慢慢炖，等到满屋飘香时，这道菜就算烧好了。此时，千张已吸饱了猪肉的精气，猪肉也具备了千张的品性，入口柔滑韧爽，满嘴溢香。

我是在十二岁那年才第一次吃到“千张焐肉”的。

我是托了外公的福才吃到“千张焐肉”的。外公是一个瞎子——他是在五岁那年患了一次病后眼睛就什么也看不见了。外公长大后，为了谋生，拜了一位算命先生为师。从此，外公的职业就是给人排八字定吉凶。外公学艺不精，生意不好，一直艰难度日。外公是一位传奇式的人物，虽然穷困，却很少生病。即使生了病，也从不吃药请医生。病卧床上三天起不来，只需给他吃一碗馄饨，第二天保管就病愈……为此，外公就有了一个名闻乡里的绰号：“赖食虾（瞎）”！

外公六十六岁那年，算定他自己活不过冬至日。外公说，这辈子也没啥遗憾的，虽然家穷，毕竟土改时白白分来了四亩三分田，有了熬日子的本钱，使他不断子绝孙——他也知足了。然而，唯一令他感到遗憾的是这辈子还没吃过“千张焐肉”这道菜。

消息传到我家，主持家政的奶奶（爷爷早已过世）专门召开了五次家庭会议，讨论外公是否真的会命丧今年，和要不要给外公烧一碗“千张焐肉”？然而每次讨论会都是无果而终，因为全家人都怀疑外公今年想骗一顿“千张焐肉”吃吃！

那年七月初八，我去河边摸螺蛳差点被淹死，这件事令奶奶想起外公为我算的命。奶奶说，我十二岁那年，有一道坎，七月八月，千万要防水，这是外公在我刚出世时算的命。

我十二岁那年，也就是外公六十六岁那年。我被水淹后，奶奶便相

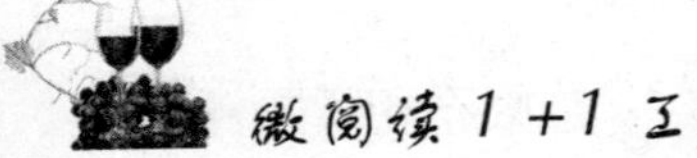


信了外公活不过冬至日的话来。于是，奶奶便决定烧一碗“千张焐肉”给外公。

那天正好是重阳节，我家一大早卖了一头大肥猪。奶奶特意吩咐我爸买回三斤千张、两斤猪肉。认认真真烧好一锅“千张焐肉”后，奶奶装好一大碗，叫我爸送到五里路外的外公家。因爸临时接到去城里开紧急会议的通知，我便替爸去完成使命。

听到“千张焐肉”，外公有一瞬间的喜悦。外公问为什么给他送“千张焐肉”？年少的我不懂事，没有遮盖，便把奶奶的心意直白白地说给外公听，外公听得直哆嗦。

外公吃“千张焐肉”的情景，令我终身难忘。那天，舅母端来两碗饭，一碗给外公，一碗给我。桌上只有一碗“千张焐肉”的菜。平日里的主打菜：梅干菜，腌萝卜，咸菜等一个也没上。舅母先夹一些“千张焐肉”到我的碗上后（舅母的举动令我震惊——夺老人口中食，岂是好儿郎?），再对外公说：“今天是重阳日，外孙家卖了大肉猪了，特意送来‘千张焐肉’给你吃!”只见外公“噢——噢——”地轻声应着，深陷的眼窝里逐渐流出了两行泪水。这一餐，外公吃得很认真，脸上的汗水和泪水早已混为一体了……

那年的12月22日是冬至日。12月17日，外公去世的消息传到我家。奶奶闻讯，惊呆了半天后才自言自语地说：“亲家公真是成精了，怎么算得这么准?”

外公入土后三年，舅母公布了外公“成精”的秘诀：那年12月1日起，无痛无病的外公就绝食了——前5天还喝点水，后来就什么也不吃了……

“老人的尸体很轻，好像是一个稻草人。”舅母说，“谁能想到，在不会断粮……日子越过越好的时候，老人最终是被自己饿死的。”

# 出 名

赵家村并不大，七八十户人家，约三百口人。四面环山，村西有座不太高的山，怪石嶙峋。有一风水先生望之曰："此村必出异人也!"

然而，时至公元一千九百九十年，此村并无什么异人异事出现。尽管很多人都在子女身上花大本钱，即现代语的智力投资，企盼在自家出现"神童"。

一九九四年三月二十日，一个平常而普通的日子，赵家村终于爆出了一个新闻：村中唯一的年过九旬的五保老太赵九奶去世了。

生老病死，本没有什么奇怪的，何况是九旬老人！然而，赵九奶的"死"却使这位默默无闻了一辈子的乡村女人一举成名。谁能想到，帮助她死后成名的竟会是一只电灯泡和一只瓷缸?!

赵九奶死了。人们发现她死去的同时，还发现一只亮着的电灯藏在瓷缸内。瓷缸上面还加了一个严严实实的盖子。

人皆有好奇之心。对于人死，人们见得多了，听得多了，没甚好稀奇的。于是，人们的话题自然而然地落在"为什么亮着的电灯要藏在瓷缸里"这个问题上。

终于有人想起，赵九奶夜里怕光，见到光亮就会整夜睡不着的。

甲说："别人家天天要用电，唯她不用，她不是感到太亏了?"

乙说："五保户用电是不需要付电费的，反正不用白不用，用了也白用!"

丙说："九奶自称能看见神佛，是否跟亮着电灯的这个瓷缸有关?"

丁说："九奶是否用这个东西诅咒别人?"

戊说："九奶是否在研究长生之道?"

……

叽叽喳喳，话题越扯越多。

信息外传，外地人便接二连三地前来参观。后来，居然惊动了一位很有头脸的人物林某。林某仔细观摩了赵九奶的那只瓷缸后，兴奋地宣称："这是一件南北朝时期的文物，距今已有一千五百多年了！"

赵九奶出名了。

赵家村也出名了。

赵家村成了旅游景点。

然而，赵家村的人始终搞不清楚，使赵九奶出名的，到底是那只电灯泡呢，还是那只瓷缸？

# 小山村的眼睛

离南华商城约七八里远的地方，有座名唤双乳峰的小山。

山脚的南面有排小村庄。

村子不大，只有三百来户人家。

该村的东南和西南方各有一座特别显眼的五层现代化楼房。

由于该村其余的楼房都是没有超过三层的，所以这两座五层楼房就犹如鹤立鸡群，就犹如这排小村子的一双眼睛。

两座楼房的主人都是足以令该村的每位村民激动的人。

因为该村有两大姓。村东姓沈，村西姓金，改革开放以来，两大姓中都出了一位县太爷。也就是该村两座五层楼房的主人。

两座楼房却也颇有故事。

村东沈太爷的房是一九八〇年开始建造的。前后共建了五年。每建一层，沈太爷的官职便下降一级。等房屋建好，沈太爷也便由“父母官”沦为平民了。

村西金太爷的房是一九九〇年开始建造的。前后也建了五年。可金太爷开始建房时，他仅仅是市府办的一名汽车（当然是小车类的）驾驶员。每建一层，他就升职一级。等到五层楼房建好，他的官职也便升到县长了。尽管是个副职，可人们习惯上总是将那个令人忌讳的“副”字，悄悄地含在自己的口中。

如今，沈太爷已经退休在家。除了抱抱孙子以外，还将村里的老年协会搬到家里来。用他自己的话说就是：“反正房子空着没用”、“为官一任，造福家乡也是常理。”

是故，沈太爷的家被人称为：“秋月春风院”。沈太爷被人唤为：“月风老人”。

如今，金太爷是该县的一名常务副县长。他工作很忙，很少回家。

不过，家乡的人常常能在电视里见到他。他家的五层楼房，只有他老母一人独居。但是，他的老母也并不寂寞。因为几乎每天都有开着轿车、骑着摩托车的人来看望她。

村民将金太爷家的五层楼房取名为："喜相逢堂"，将金太爷的老母呼为："喜相逢太夫人"。

# 人生最大乐事 1977 年夏天

小王见门卫老右正明目张胆地盯着飘然而去的他的新婚妻，伸出福掌拍拍老右的畚箕背，笑道："老右，我想请教一个问题。"

老右将"马脚杆"一合，两"螳螂臂"往"鸡肋"下一夹，两"鸭掌"朝饥饿的大腿根一贴，头一低，屁股往后一缩，瞬间完成了"后半个括号"造型。手脚之麻利，反应之快速，谁见了都吃惊。真是冰冻三尺，非一日之寒也。

"请指示！"

小王又拍拍老右的肩膀，面对这位货真价实的"老处男"发出了一阵诡秘的荡笑："人生有几大乐事？"

"四大乐事！""括号"毫不含糊地答道。

"噢？"小王微微一怔，笑问："第一大是什么？"

老右缓缓抬起头来，嘴咧得老大老大，两条短促而清淡的眉毛使劲往鼻根处捅。

"阿嚏！"

老右假心假意地打了一个响亮的喷嚏。抬起的头随即迅速还原。

"此乃人生第一乐事也！"

小王一呆，转迅喜从天降，遂紧问道："那，第二大乐事呢？"

老右两脚平开一步，将头慢慢往上仰起，两手臂同时缓缓向上伸直，小腹跟着往前慢慢凸出，又是把嘴扯得老大老大，伴沉沉的"啊——"声，把个身子曲成"前半个括号"模样，口朝天叫道："此乃人生第二大乐事也！"

小王根本预料不到老右会别出心裁地制造"混乱"，心想只要穷追着你往哪跑。

小王忙问："第三呢？"

老右仍还原成“后半个括号”，低着头说道：“第三是进门步步紧，出门一身轻的买卖！”

小王不得其解，笑骂道：“看来你还是欠斗！”

“是。欠斗。首长只要往东北角方向看去就明白了！”

小王果真往东北望去，见一小孩正跑进厕所里去，遂恍然大悟，连声叫道：“妙，妙！”

“最后一大乐事是什么呢？”小王尝到甜头，紧追不舍。

“最后一大乐事，首长您最清楚！”“括号”毕恭毕敬地答道。

小王脸上掠过一丝狡黠的云纱，敛住笑容，正色道：“是我问你哩？”

“还是不说了吧！”老右欲言又止。

小王见老右难以启齿，更是开心，非要老右落入圈套不可。而老右偏偏胃口不佳，迟迟不肯下口上钩。

最后小王几乎是在哀求老右了。老右终于拗不过小王，甩甩头叹道：“我们不是正在体验人生最大的乐事吗？”

# 一九七三年的地主猪

1973 年的初冬时节，那时我不满 9 岁，上小学三年级。一天，放学回家后，我发现猪桶里有两只鸡蛋壳，就知道父亲一定去一百三十多里外的东山红旗村买猪了。这两只鸡蛋一定是母亲为父亲能买到长得快的小猪而取的“利市”。“取利市”是我们的乡风，出远门之人，临行前吃两只鸡蛋，据说就会一帆风顺，心想事成。

因为前些天我曾多次听到父母亲商量买猪的事。昨天大猪卖掉了，猪栏正等着小猪呢！那时的农村，家家户户都养猪，我家当然也不例外。猪，对于我家来说，实在是太重要了。爷爷奶奶终年身体不好，一个患严重的肺病，一个患严重的胃病，俩老只能吃饭和吃药，却不能下地干活。要是不经常吃药（医生要求每天吃药，由于缺钱，俩老总是病情稍有好转便停药），爷爷奶奶肯定活不到改革开放的年代。谁能相信，帮爷爷奶奶熬日子的竟是我家猪栏内的猪！我清晰地记得，父母每次卖猪后做的第一件事总是去邻居家还债，那些债都是平时为爷爷奶奶买药而欠下的。给我留下深刻印象的是，有些年，小猪才买回家，父母就在筹划猪养大卖掉后的开支情况了。这次父亲出去买猪，是舅舅牵的线，据说，东山红旗村一位姓贾的人家，养出的猪仔长得特别快。尽管相距一百三十多里路，父亲还是怀着“若渴”的心情，坚毅地穿着草鞋挑着猪箧徒步“求贤”去了。

见家里没人，我取了两只冷番薯后乖乖地去田野上割猪草了。晚上回家问母亲，果如我所预料的一般。

次日放学回家，我发觉猪栏内已多了两只可爱的小猪了。虽没见到父亲，但我知道父亲一定是“春风得意马蹄疾”地下地劳作去了。

没想到，父亲晚上收工回家，竟骂起舅舅来了，我糊里糊涂地听了老半天，才明白事情的原委。

原来，父亲赶了十几个小时的路后终于找到了东山红旗村，那时天刚好落黑，但没有全黑。经多方打听，终于找到了要找的那户贾姓人家。父亲进去一看，猪栏内正好有十几只待售的小猪，见其只只胖乎乎的，父亲是满心欢喜。

父亲虚心地向主人讨教了许多养猪的秘诀，比如“饲料生吃为好，人的洗脸、洗脚水要给猪吃”等等。正当父亲与主人“砍价”的紧要关头，一位很像抗美援朝电影里的“阿妈妮”的老太太，表情严肃地将我父亲从贾家拉了出来。

来到贾姓人家的大门外，“阿妈妮”仍一言不发，只是用手指了指大门外用黑漆写就的一副对联。

父亲定睛一看，差点惊出一身冷汗。

原来，大门外的左、右两边墙上从上而下分别写着：“只许规规矩矩，不许乱说乱动。”门楣上方的墙上则写着两个大字：“地主”。虽然天色已暗，但字迹仍看得清楚。父亲说，进去时没留意，加上黄昏，所以没看到。

父亲空落落地随“阿妈妮”到一户“贫农”家里，买回两只小猪，连夜赶回家来。父亲说，不知何故，回来所消耗的时间比去时多了两个多小时。本来，父亲是完全可以在我去上学前回到家里的。

事后，父亲曾多次向人提起这次买猪的事，每次都听到父亲感叹：“没想到东山红旗村的老太太都有这么高的觉悟!”

三十多年后的今天，父亲仍会提起去红旗村买猪的事。我问父亲，没买回“地主猪”，是否后悔过？父亲说，从没后悔过，否则，起码十年时间会有沉重的“思想包袱”。

我坚信，父亲的话是真诚的。因为那时父亲的身份是“大队党支部书记”（直到二十年后才卸任）。另有一事需要告诉你，因为“地主猪”的事，我舅舅有四年时间不敢进我家的门。

# 乌主任的嗜好

乌主任自从退休以后，便养就了一个习惯，那就是逛商店。

对于马路夜市，他也是情有独钟。他发觉逛商店、夜市有许多优点，既可以了解商业行情，又可以增加许多商品知识。如今商家常“宰”人，然而乌主任却常常去“宰”商家，他几乎每天都要与人讨价还价几番。

他讨价还价时非常认真，其实他根本不是为了买人家的东西，而是为了最大限度地发挥他智力的“余热”。

乌主任从实践中体会到，与商家斗智斗勇，比打太极拳、练气功更能改善心理、生理状态，更有利于身体健康。

有一天，乌主任在夜市里发现一种往墙壁上一贴便能吸住的挂钩，它可以挂衣帽、雨伞等小物品，乌主任将此物定名为“一贴灵”。

“一贴灵”很有魅力，他便掏钱买来两只，以前他只是看货而从不买货的。

“一贴灵”买回家后，乌主任便将它贴在墙上挂挂历和雨伞。由于效果确实好，乌主任受到了老伴的表扬。乌主任很开心，便又从夜市买回五只“一贴灵”。

一天夜里，“啪——”的一声将乌主任夫妇俩从梦中惊醒，乌主任夫妇俩吓了一跳。

凝神细听却又不再有动静，好大一会儿后，乌主任才打开电灯巡查起来。

原来是挂着挂历的那个“一贴灵”不灵了——从墙壁上掉了下来。

由于“一贴灵”是利用大气压力的原理吸住墙壁的，天长日久后，空气总能缓慢地渗进其腹“部”。于是“腹部”有气的“一贴灵”就必然要掉到地上。

乌主任不懂这道理。乌主任将掉落在地上的“一贴灵”重新贴回墙

壁上，可是过了一段时间后它又掉了下来。

后来，乌主任发现，家里七只“一贴灵”全都掉在地上过了，而且大多是在夜深人静的时候掉下来的。

“啪——”的一声总是令乌主任夫妇俩吓一跳。

后来虽有些习惯了，但还是要心惊肉跳的。

有一天，从来没有作过一回主的乌主任的老伴将七只“一贴灵”全丢进垃圾坑里。

乌主任回家后发现“一贴灵”不见了，便问老伴详情。

老伴以实相告，老伴说，担惊受怕的，留它干吗?

乌主任闻言后很恼火，大骂老伴一通。

乌主任硬是从垃圾坑里找回了七只“一贴灵”，一一将它们贴在原来的墙壁上。

与以往不同的是，老伴再也不将东西挂在“一贴灵”的挂钩上了，乌主任他自己也不再将东西挂在“一贴灵”上。

然而，不挂东西的“一贴灵”还是要从墙壁上掉下来，七只“一贴灵”总是毫无规律地从墙上掉下来。

乌主任每次总是及时地将其按回到原来的地方。

后来，老伴也习惯了乌主任对“一贴灵”的深情厚意，她再也不为“一贴灵”而与乌主任发生口角了。

# 老五的婚事

老五 72 岁了，却忽地“娶”了一个老婆。千把人的龙尾村沸腾了。那声势绝不亚于滚烫的大油锅里忽地倒进一勺冷水的热闹劲。

提起老五，谁不知晓呢？“好吃懒做”是他铁打的“商标”。附近八村父母训斥孩子总是用“老五”这两个字。于是“老五”就像“老鼠”一样几乎家家户户都有影踪了。

那日，老五坐在家门口的门槛上吃午饭。一个穿着褴褛、蓬头垢面，年约二十七八岁的女人向他讨吃。老五就把剩下的半碗饭给了她。那女人吃完饭，从布袋里取出一个不知何人给她的冷冰冰的大粽子，叽叽喳喳地对老五说。老五虽听不懂她的话，但明白她的意思。于是，老五进屋给她烤粽子。

那女人也就跟着进屋，帮老五烧火。粽子烤热吃了，他俩的姻缘也就定下来了。

那天晚上，那女人就宿在老五家。

第二天，有人发觉老五留宿了一个女人，于是“喜讯”很快传遍了整个村庄。

人们个个都鼓起了眼珠子。

怎能相信呢？那女人身材、年龄、相貌都是那么的无可挑剔，与七十多岁的老五怎么般配呢？

于是，老五的家一时成了动物园。那女人比天外来客还要吸引人。

那女人一刻不停地说着话，但无人能懂。那女人一刻不停地搬东西，也无人能懂。

老五家能动的东西都给她搬动过了。

终于，人们都明白了，这女人有精神病！于是，“疯婆”与“老五”几个音时时回荡在龙尾村人们的笑口上。

村委主任来到老五家。

村委主任指着老五的鼻尖说："脑子灵清点，虽是疯婆，你留着她，她男人要是找上门来，你可要坐牢的！不要七老八老了还去尝尝坐牢的滋味！"

据说，村委主任的老婆是村里的美人，而现在许多人都在议论："疯婆比村委主任老婆更漂亮！"

不知不觉过去了二十多天。

有人问老五："你自己是五保户，靠公家过活，能养得起她么？"老五面对不怀好意的提问愤愤地回答："我讨饭养她！"

转眼到了腊月。

腊月二十九夜，正在搓麻将的村委主任忽听到儿子在大声喊他："爸，快来看，快来看，疯婆在电视上呢！"

原来，云贵电视台正在播放缉毒纪录片，疯婆是一名吸毒犯。

"原来如此！"村委主任兴奋地说："我马上去老五家……"

# 抹 布

这是一个关于我奶奶的故事。

奶奶十七岁嫁给我爷爷。

据说，我爷爷的爷爷的爷爷上无片瓦，下无寸土，给一家豆腐店当伙计，凭着一颗良善之心和吃苦耐劳的品格，学得了一手精湛的豆制品好手艺后，回到家乡靠堂叔的扶持办了一家豆制品加工厂，后来，爷爷的爷爷便拥有了一个自己的家。

传到我爷爷这一辈时，我家已是闻名遐迩的豆制品世家了。然而，尽管我祖宗名声不错，但人丁却不旺发。以前都是单传，直传到我爷爷这一辈时，才有两个同辈男丁。

我爷爷娶亲后，不知何故，奶奶一连生了四胎，都没能养活。婴儿出世，长者不到三个月，短者不到七天，便回到天国去了。

奶奶结婚十年后，听信了别人的话，抱养了邻村“肚福”很好——养活九个孩子的妈妈的第十个孩子——她就是我后来的姑姑。据说，我姑姑到我家时，她连亲母亲的奶都没有吃过。姑姑就是由我奶奶抱着，东一家西一家地讨奶吃而存活下来的。

说来也奇怪，姑姑到我家后的第五年，奶奶便生下了我的爸爸，奶奶说，爸爸出世后，身体一直很健壮，从没担惊受怕过。大概是由于我爸爸的“好养”，别人都说这是由于姑姑带来的福气。于是，我姑姑在家里就格外地有地位，尽管她不是亲生的，但在我爷爷奶奶的眼里心里却是格外地亲。

姑姑长到十四岁的时候，由奶奶做主，将她许配给了我爷爷的弟弟—— 一位比她长十九岁的男人。据奶奶说，那样做是为了留住姑姑这颗“吉星”。

次年，姑姑便生下了一个胖小子。

然而世事难料，我姑姑生下胖小子后的第二年，我爷爷的弟弟——我姑姑的丈夫，在一次外出做生意的路上，被拦路抢劫的土匪杀害了。

我姑姑十六岁那年，在她亲生父母的周密安排下，抛下幼儿，远嫁到山里去了。从此，我突然有了一位“叔叔”，姑姑生下的儿子，由我奶奶抚养，奶奶将他当作第二个儿子。

叔叔十八岁那年，被抓去当兵了，次年，随蒋介石去了台湾。从此音讯全无。

在我幼小的时候，我常听到奶奶骂姑姑，常看到她偷偷地哭。奶奶常骂姑姑没人性，将她养大成人，而她却将一个“包袱”抛给了她。

记得那年，奶奶病重，她把我们全家人都唤到床前，将放在她自己枕头边上的一套衣裤递给爸爸，大意是说：这是叔叔的最后一套衣服，其他的衣服全被奶奶当作抹布用掉了。奶奶说，没法看到叔叔的人，每天洗碗摸到叔叔穿过的衣服，就好像见着他了。奶奶说，这辈子看来无法再见到叔叔了，叔叔的这最后一套衣服撕了可惜。还是送给姑姑做个纪念吧……

不久，奶奶带着未圆的梦永远地离开了我们，她去世后，姑姑回来奔丧了，那是姑姑改嫁后第一次回到我家。姑姑从我爸爸手里接过叔叔的衣服，泪流满面。

姑姑说，她改嫁时也偷偷地带去了一套叔叔的衣服——那是叔叔周岁时穿的新衣，然而，姑姑也和奶奶一样，也将它当作抹布了，最终仅留下几丝线茬，舍不得再用而锁进了箱子。

姑姑说，她跟奶奶尽管无血缘关系，而心志却是永远相通的。姑姑说，奶奶给她留着叔叔一套完整的衣裤，看来，她娘儿俩定有相见的日子。

# 被重新烘烤的疤

地球很小。

我的这一感觉是从你的香烟火星中烘烤出来的。

记得那个大热天，在会议室里，你坐在我的身后。你与许多人一样，根本不知道台上的那位同样是汗流浃背的同志在说啥。

大约是为了打发那难熬的时光，你寻开心地用你的香烟火烙我那刚脱掉汗衫的背脊。

我只觉得一阵火辣，忙转身摸背。

见是你冲我微微发笑，我便随口对你说了一句：“王大爷身上有个疤。”

我根本没想到，我在小学语文课本中读到的“惨遭地主老财毒打而留在王大爷身上的疤”竟会使你刷地白了脸。

其实，那时的我只知道我自己的背上确实留有小时候乡村土医生为我疗病而留下的灸火疤痕。

那时的我，只知道你是一位为了老婆、子女的“农转非”而自愿去新疆“支边”十年，刚刚调回本地落户在我校任教语文的中学老师。那时的我，根本不知道你有没有读过“王大爷身上的疤”这篇课文。反正，我随口说的“王大爷身上有个疤”绝非有意。纯属偶然巧合罢了。

我清楚地记得，你在会议散后，很客气地将我请到你的房间里。你很内疚地对我说：“我很对不起你……要骂，你就痛痛快快地骂吧！”

我被你的举动弄得莫名其妙。

我不知所以。

我甚至有些怪你太那个了。

我对你说：“当真被你烤出一个新疤来，也无需这般认真呀！”

你一时摸不准我是个真糊涂还是个假糊涂，你很认真地问我：“你知

道我是谁?”

我说:“当然知道。不就是刚刚从新疆调回本地不足半年的语文老师吗?”

你说:“还有呢?”

我说:“我又不是美国联邦调查局的人,调查你干吗?”

你默默地沉静了一会儿后,你说:“你是否早已知道我是芹的姐夫?”

听到“芹”字,我不由得脑壳“嗡”地叫了起来。尽管我已十二年没听到过这个名字了。我依稀记得芹曾在我面前提起过她有一个在城里教书的姐夫……

相隔几千公里的新疆与浙江,相隔十多年的昨天与今天,朦胧中在城里教书的芹的姐夫与正面对着我的饱经风霜的你……

难道地球果真这么小?难道十多年的时间果真如一眨眼?

你说:“我以为你老早就知道我是芹的姐夫了,每次见到你,我都很不是滋味。我以为你一直在恨着我……”

此时,我头绪很乱,想不出一句话来表示自己的心境。

你说:“我很对不住你,我也不想厚着脸皮要你原谅。但那时的我根本不认识你……唉,怎么说呢?当老师的确实没花头。像我,一九六二年开始教书,至今已有二十三年,为了老婆、儿子的户口,却要背井离乡大老远的跑到新疆去……”

我忍不住鼻子发酸。

不知是为了自己还是为了你。

我说:“过去的就让它过去吧。反正没有你,我跟芹也不一定就能结婚。”

你说:“话可不能这么说。要是当初芹没有来征求我的意见,要是当初我没有为芹做过高参,要是我当初不给芹做月老……那我就没欠你什么了。”

那一夜,你跟我谈了许多许多。

你说:“要是当初我们早点认识就好了。”

你一再告诫我:“岁月不饶人,该有一个家了。事业与家庭不应丢了一头。也好让我早点心安。了却一份心债。”

你还告诉我,芹经常写信于你问关于我的事。

“随缘吧!”我只能如此对你和对我自己这样说。

我本想详细了解一下关于芹婚后的情况，但我却一直难以启齿。

走出你的房间，已是深夜。

举首望见一轮皓月正面对着我发笑。

我忽然感到，不知陪伴了多少个我与芹幽会的夜晚的明月恰似我背上的那个小时候被土医生用火灸出的疤。

# 走运的小古

我的同事小古教书很不用功，有一次刘校长突然去听他的课，居然发现小古上课没带粉笔、教案。那次，校长没有严肃批评他，只是说了一些鼓励性的话，没想到小古竟将校长的宽容当作福气，从那以后他更不认真备课了。后来，刘校长又特意三次检查了小古的课，发现问题严重，终于发火——在教工大会上严肃批评了小古。

正当人们关注刘校长如何处置小古的时候，刘校长竟调走——升职进城当副局长了。

新校长林某原是本校的教务主任，刘校长调走后，林某接任校长之职。林校长对小古的工作作风历来不满，因此，他准备认真整一整小古。

小古有些慌，便经常进城跑教育局，想调动工作。那天，小古又进城跑调动，却发现城区正在搞“2元+运气=20万元”的“献爱心”活动。小古花了20元钱，买来10张“献爱心”兑奖券。没想到刮开第三张兑奖券的号码，便发现中了20万元大奖。起先，他还怀疑自己手上的兑奖券是否真的有效，当他从主席台上的总裁那里得到肯定的答案时，差点晕了过去。

没有领奖，小古首先匆匆跑回家里，将获大奖的消息告诉父母和兄姐。全家人都很激动，一齐陪小古去领奖。原来小古是第一个得大奖的人。

姐对小古说，大奖共有30个，今天你运气不错，或许能再摸来一个。姐给了小古5000元钱，要他再去碰碰运气。这回小古只“摸”回一辆自行车。姐有些后悔，但又不甘心，想把5000元钱捞回来，便又给小古1万元，叫小古再去摸奖。没想到，这次扔了1万元，竟连“水花”也不见一个。

小古觉得很对不起姐姐，便自己拿出3万元去摸奖，想把姐姐的损失找回来。谁知，3 万元抛出去最终只“换”回 300 块香皂。

小古的父亲说，一不做二不休，再去“赌”一回，说不定好运在后头。小古说，要是又白扔了咋办？父亲说，男子汉能屈能伸，没有大气魄怎能成大事，钱是身外之物，岂能被它缚住手脚？小古经不住家人的煽动，又拿出 5 万元去摸奖。幸好，这 5 万元没有白扔，除了“换回”80 块香皂外，还抬回一台 29 寸的大彩电。

小古一合算，“20 万元”大奖，除了交税和成本外，剩下 4 万多点钱，宛如做梦一般，几十万元钱来来去去竟不到 8 个小时！

小古想，如再“赌”下去，恐怕真的会空欢喜一场。因此，他最终还是抗拒了家人的一再煽动，不去碰运气了。晚上，电视上播放了小古获大奖的消息。面对电视镜头，小古说，自己是人民教师，去摸奖不是为了获大奖，而是为了献爱心……

次日，我校许多教师都去嘲讽小古说的比唱的还好听。小古说，要不是那么说，电视台还会让他亮相吗？当日中午时分，“希望工程”的两名老同志找到小古，要他为读不起书的穷困学童捐款。小古碍于“唱过高调”，只得忍痛拿出 5000 元。

3 个月后，我调离了那所学校，后就不知小古的故事了。两年后，我在公共汽车上遇到小古，问他在哪里高就？他说仍在原校未动窝。我问他林校长没找你麻烦？他笑了笑说：我将那次奖来的钱全部借给校长炒股了，在他还款以前，只要我不去找他麻烦……

# 好 狗

在市郊去县城的公共汽车上，一农村中年妇女被狗咬伤多处，她疼痛难忍，咬牙切齿地骂道："瘟狗，这种瘟狗哪里见过！我给它吃食，它反而扑到我身上咬起我来！……等我去县防疫站打预防针回来，马上就把它收拾掉！"

车上的乘客闻言都说："这种会咬人的狗还是早点收拾掉好！"

忽地，坐在这妇人后一排的男青年开口说道："狗不会咬人，养它作甚？没人怕的狗，还能看住门吗？"他是伤妇的亲生儿子。

"连饲它的人都要咬，这种狗，早可吃它的肉了！"伤妇说。

男青年说："不凶的狗，养了也是白养，还不如不养！"

伤妇说："可它怎么尽咬自己家里的人？我早就讲过，狗第一次咬你妹妹的时候，就该狠狠揍它一顿，可你怎么就死活不肯揍它呢？"

男青年说："揍怕了，只恐它以后就不会再凶了！"

一乘客说道："狗咬人总不是好事吧，咬到别家的人，他岂肯罢休？"

"咬别家的人，最多是赔点钞票！有什么大不了的？我这只狗坏就坏在咬自家的人，真是气死人了！"男青年说。

"真是一条好狗！"乘客中忽地冒出了这么一句话。

霎时，整个车厢一片寂静。

# 职　称

一提起评职称的事，小马便想哭。

小马他勤勤恳恳、任劳任怨在山区一座小镇的一所普通中学里教了十二年书，至今连个中级职称也没捞到手。尽管他的工作在该校是最出色的，曾七次评为校级先进，二次荣获县级先进，一次被评为地级优秀班主任。

他曾有过几次机会。第一次是在他教了八年书的那年，校长将仅有的一个推荐名额让给了他，尽管校长他自己也很想要这个名额。然而学校毕竟只有推荐权，决定权却在县职评委员们的手里。没想到，好不容易得来的一个名额，却被县职评委以“年龄不满三十五周岁”而“暂缓考虑”了。次年，又只有一个推荐名额分配到该校。在学校职评会议上，张老师泪流满面地说：“我承认我的工作不很出色，但我毕竟辛辛苦苦教了二十二年书了。没有功劳也有苦劳。我教过的许多学生都已经评上中级职称了。可我至今还是老童生一个。我恳求学校能给我一次机会，就一次，有过一次机会，就是评不下来，我也就心甘情愿了。我保证以后决不再跟同志们争名额了……请大家可怜可怜我吧！”

在全校教师无记名投票确定上报人员时，小马他自己也投了张老师的票。结果上报县职评委的名额终于被张老师拿去了。可怜张老师用眼泪换来的一个机会，却被县职评委以“教学实绩很一般”而否决了。

第三年，据说是为了“尊师重教”，上级分配到该校的推荐名额比往年增加了一倍。即分到该校的推荐名额不是一个而是两个了。

民主评议的结果是，小马和校长两个人上报到县职评委。为了不再“落马”，小马便学“诸葛亮评职称”的办法：把关羽过五关斩六将，赵云长坂坡救幼主，张飞义释严颜取西川等等功绩全记在自己的功劳簿上。小马叫上学期学科知识省级竞赛荣获二等奖、县级竞赛荣获一等奖的王

元开同学立即回家去取“获奖证书”。谁知道，小马老师的这一东施效颦之举终于使他自己饮恨终身——王元开同学在骑自行车回家取获奖证书后，返回学校的路上葬身于汽车轮下……路警根据王元开同学的衣袋里的两本获奖证书找到了学校。小马闻讯脸色铁青差点晕了过去。王元开同学为何匆匆离校回家？王元开同学的衣袋里为何藏着两本获奖证书？除了小马老师外，竟不再有人知道这其中的秘密了。只可怜王元开同学的父母亲闻讯一夜间晕死过去五六次，王元开毕竟是他俩唯一的命根子啊。

在道德、良心、名誉、责任面前，小马老师终于暴露出他的“小”字来了。他想，人死不能复生，何必再让活人为死人而遭罪呢？于是他终于没有将事实真相公之于众。尽管他每天夜里都要做噩梦。尽管他每天夜里都要痛哭一场。只可怜王元开同学死了还要背上一个“无故擅自离校——不守纪而丧生”的臭名。在学校的每次安全教育会议上，总要以他为例。

为了挽回一点心里平衡，小马以“王元开是他的得意门生”和“他是王元开的班主任”为名，每周末都赶三十多里路去慰唁王元开的父母。不论刮风、下雨，还是下雪从未间断过。一晃就过去了四年时间。这四年间，小马老师只要一提起“职称”两字就会不寒而栗，四肢发冷。这四年来，小马老师就像躲避瘟神一样地躲避职称。其中的缘由当然只有他自己知道了。

想不到的是，小马老师四年来每周慰唁王元开父母的义举终于在新闻界炒得火爆起来。于是，小马老师被省教育部门命名为“为人师表”的优秀教师，并破格晋升为“高级教师”。

接到红头文件的那一夜，小马又是痛哭了一场。因何而哭，他自己也弄不清楚。

# 失　落

出差到 K 城。

在马路上，我拾到一本学生证。

翻开一看，方知此证是镇小 504 班赵燕玲同学的。里面还夹着十元钞两张、五元钞一张、一元钞四张。

我有意要送还失主，但又不知镇小在何方。正想找个人问问，忽见前方有两名佩戴红领巾、背着书包的小学生迎面而来。

等他俩走近，我问他俩镇小在何方？他俩告诉我，他们就是镇小的学生。我喜出望外，就跟他俩讲清原委，并请他俩当中个子稍矮的那个同学替我将学生证送还失主。

没想到，个子稍高的那个同学从我手里一把抢过学生证，对我说："大伯，我替你还！"

我说："只要还给失主就是了。"我目送着他俩奔跑而去。我大声对他俩喊道："小心汽车！"

没跑出三十步，他俩突然打起来了，我赶忙跑过去劝架。

"为何吵架？"

"……你是先给我的，可他偏偏要抢去！"个子稍矮的小同学愤愤地对我说。我发觉，他俩的脸上都被对方的手指甲划出了血痕。

"你送，他送，还不是一样吗？"

"不一样！谁做了好事，谁就可以加分！"

"加什么分呀？"

"评三好生、评先进，都要用的分……"

我忽地感到，我今天拾起一本学生证，却又失落了什么似的。

# 耍猴

在评选先进工作者会上。

沙僧说："我反对师傅说的以举手表决方式评先进的办法，我们毕竟同甘共苦了十多年，得罪任何一位都是不好的！还是无记名投票的方式好……"

白龙马说："为公正客观起见，我赞成无记名投票的方式！"

悟空说："师傅帮我们脱离罪恶，成了正果，取经先进工作者非师傅莫属……"

唐僧说："贫僧无意什么功名。按取经路上的功劳，先进决非贫僧该当的，还是由你们定夺罢。"

八戒说："我已做好了投票箱，要公正的话，大家还是无记名投票吧！"

沙僧、白龙马立即附言赞同。

少数服从多数。

检票的结果是，唐僧一票（悟空投的），悟空一票（唐僧投的），白龙马三票，八戒、沙僧皆零票。于是白龙马被评为取经先进工作者。

会后，沙僧兴奋地对八戒说："往后，我俩有马可骑也！"

八戒得意忘形地说："比骑马更有趣的是耍猴！我俩虽无七十二般变化，但是一旦拍了马屁以后，耍耍猴子还是绰绰有余的！"

# 一群蚊子在头顶飞舞

只穿着一条褪色的蓝灰色短裤的李老汉将最后一棵秧插完，太阳已西沉山顶只剩半张脸了。

他缓慢地、艰难地将弯了半天的酸胀的腰杆子挺起来，然而整个身子却不由自主地弯曲成一个横写的“7”字样。

双拳不住地捶打后腰背，嘴里禁不住“唉哟哟”地轻哼着。

夕阳的余晖将他那瘦削的身影拉得很长很长。几只蚊子早已在他那黑乎乎的裸露的背脊上吸足了血，惬意地飞走了。

李老汉环视了一眼他自个儿累了五天才插完的这丘一亩六分的水田，心里暗道：“今年种田怎么这么累？人过六十难道果真不中用?”

李老汉走到小渠边，渠水早已不流了。选择一处剩水较多的地方，洗了洗手。然后擤了一把鼻涕，口里忽地冒出了一句：“臭婊子，果真回来了?”

李老汉兄弟有三人。父母死得早。他是老大。小弟和他都不曾娶妻。只有大弟娶得一个妻子——那个被李老汉骂为“臭婊子”的女人便是。

李老汉生性愚钝，只会干活不会巧算。日子过得很平常。农业集体化时，他总是跟着别人干农活。别人背着锄头出门，他也就背着锄头出工；别人挑着屎桶出工，他也就挑着屎桶出门。

后来，田地分到户了，他那种“随大流”的生活方式还是保持下来了。别人种什么他也种什么，别人打农药他也就跟着洒农药，别人收割他也就去收割。

他的大弟却不像他。那小子成天只知道“算计”。大事不会干，小事不愿干，成天爱吹牛。总是说什么：“官越大越好做，皇帝最易当!”

那“臭婊子”就是因为看上了他的“雄才大略”才嫁给他的。谁知，婚后“臭婊子”发觉自己是上当了。她发觉自己的丈夫只不过是一个好吃懒做的家伙，且常常“算计”到她的头上去。比如，张三家要种田了，他就带妻子给张三家拔秧去；王六家要割谷了，他就带妻子给王六家打谷去。等到他自家种田、割谷时，一定是张三家、王六家已空闲能“回报”他家的时候了。而他自己到了田头总是以“说大书”为主，做出的农活不及女人的一半。如此，他的劳动强度不知不觉地转移给了妻子和别人。看到邻居家烧“好吃”的，他便会去“赖吃”，事后又要妻子烧“好吃”的去“还账”。他常暗地里讥笑那些只知劳作而不知享乐的人为“蠢货”！他的人生哲学是：“越会做的人越愚蠢”！

大弟不但要“算计”老婆，而且对自己的亲兄弟也不放过。他娶老婆用的钱几乎都是其兄挣的，可一旦他与妻同房后便要求分家各自过。那时，小弟才十五岁，还在念书。他就责令小弟辍学干农活养自己。后来，他发觉小弟身体强壮体力比他好，他竟叫妻子去勾引小弟，好让小弟做他家的长工。其妻早已怜爱小弟，听丈夫这么一说，正中下怀，真可谓是“臭味相投”不谋而合。于是，小弟果真很快变成了大弟的“担杜”。

一晃七八年。大弟的妻子生了三个男娃。有人说，大娃像父，二娃像叔，三娃像大队的治保主任。于是“臭婊子”的外号在村里也便渐渐地弥散开了。

改革开放后，小弟也想自己成个家。遂出门打工赚钱。又六年过去，小弟不知从哪儿赚回了许多钱，回村建起该村第一座三层洋房。上门来提亲的人竟是接踵而至。

然而，大弟及妻儿们还是蜗居在祖上遗留下来的两间破旧楼房里。

真是天有不测风云，人有旦夕祸福。忽一日，有人发现小弟死在村外三里远处的水库里。尸体的胸前竟缚着一块约七八十斤重的石板。显然是被人谋害掉的。

案件很快便被侦破。原来大弟夫妇为了谋财而害死了小弟的。那夜，“臭婊子”又去勾引小弟。正当小弟与“臭婊子”在床上快乐时，忽地“臭婊子”死死抱紧小弟赤条条的身子，大弟则用一根绳索箍住小弟的脖子，活活将小弟勒死。而后大弟夫妇俩将小弟的尸体弄到水库里，用一块石板缚在尸体上，心想只要尸体不见天日，便能坐享小弟的财产。

谁知，皇天有眼，尸体泡在水里三天后，体积膨胀，浮力增加，尸体的头部硬是浮出水面，被一打鱼的人发现。

结果是大弟被判了极刑枪毙，“臭婊子”则被判为：死刑，缓期两年执行。

据说，“臭婊子”在牢中表现很好，一再被减刑。在劳动改造了十二年后，便“放”回家里来。

“臭婊子”回村的消息震动了全村。李老汉听到这个消息时，心里头也不由得一震。自古以来，村子里从未有人犯过皇法国法的，可如今被枪毙的、去坐牢的，偏偏都出在他的李家，李老汉深觉无颜见人。当初，要不是为了大弟遗留下来的三个未成年的儿子，李老汉早已出去讨饭度日。如今大弟的三个儿子都已长大成人，外出打工为生，已多年没有回过村，只是把各自的责任田全赏赐给了李老汉。

李老汉回到村子，见自家的老屋前聚着许多人。只听见有人在大声笑问：“大弟嫂，坐牢的滋味尝够了吗？”

“坐牢，你去过就知道了！”显然是“臭婊子”的声音。

“我可不去，我可不去……坐牢这种事，就你李家人去去就好了！”显然是刘三叔的声音。

“有味着呢，每个星期有一次会要开，每个晚上都有安排，大多是学习，有专人念报纸给你听，有时是学文件，上级发下来的文件！每个星期六夜里还可看电视，还是彩色的呢！”显然又是“臭婊子”的声音。

听到此话，李老汉这才想起，自己已有三十多年没有开过会了；报纸呢，好像从来就没有这种东西；文件呢，啥玩意儿？是吃的还是穿的？电视呢，自己好像看过那么几次，当然是黑白的那种！全村五六百户人家好像还没有一台是彩色的电视机呢。

“坐牢要做活吗？做活很吃力吗？”又有人问道。

“要做活的，可做活比在家里省心省力的多了！没有一点心事，跟着别人干便是。”

不知何人喊了一句：“李大伯回来了！”人群马上让出一条路来，好让李老汉走进家去。

透过人丛，李老汉看见“臭婊子”的那张既熟悉而又陌生的脸。毕竟十多年没见面了。李老汉怎么也不能相信，“臭婊子”坐了十二年的牢，似乎还变得年轻起来。特别是当李老汉发觉“臭婊子”的脚上，大热天的还穿着一双白袜子，一股无名火不知从哪里冒了出来，竟恨恨地骂了一句：“臭婊子！”

这，可是他第一次当面骂他的弟媳的！

霎时，人群一阵寂静。李老汉扭身向村外走去。要往哪里去，要去干什么，李老汉他自己也不清楚，他只觉得脑子里一片空白。他恍恍惚惚地感到一群蚊子正在他的头顶上空飞舞着。